中华经典精粹解读

世说新语

范子烨 编著

中華書局

图书在版编目（CIP）数据

世说新语/范子烨编著．—北京：中华书局，2011.3（2024.7重印）

（中华经典精粹解读）

ISBN 978-7-101-07813-8

Ⅰ.世… Ⅱ.范… Ⅲ.①笔记小说-中国-南朝时代②世说新语-注释 Ⅳ.I242.1

中国版本图书馆CIP数据核字（2011）第007830号

书　　名　世说新语
编 著 者　范子烨
丛 书 名　中华经典精粹解读
责任编辑　吴爱兰
责任印制　陈丽娜
出版发行　中华书局
（北京市丰台区太平桥西里38号　100073）
http：//www.zhbc.com.cn
E-mail：zhbc@zhbc.com.cn
印　　刷　天津画中画印刷有限公司
版　　次　2011年3月第1版
2024年7月第8次印刷
规　　格　开本/880×1230毫米　1/32
印张7¾　插页1　字数150千字
印　　数　37001-40000
国际书号　ISBN 978-7-101-07813-8
定　　价　45.00元

出版说明

在快节奏的现代生活中，如何在有限的时间里读到中国传统文化中最经典的著作，怎样才能尽快领略到经典的核心要义，减少在茫茫书海中不得要领的辛苦？“中华经典精粹解读”丛书正是为适应当代读者需求而特别编写的国学经典普及丛书。

丛书“精粹”二字体现在两个方面：一是所选典籍均为中国传统文化中最具代表性的著作；二是所选文段均为经典中的精华部分。

原文后附“扩展阅读”，是参照原文选段，从其他经典著作中选摘出的内容、思想与本段相关的语段，以使读者获得比较阅读的乐趣，视野得以开阔，思路得以拓宽，从而更加全面深入地理解选文。

段末“点评”，是在充分尊重前人思想成果的基础上，从当代人的视角出发，对文段精髓加以讨论解读，以唤起读者更多的思索和体悟。

原文选段及扩展阅读选段之后，辅以侧重语词解释的注释和串讲文意的译文，不作繁琐考证，以助理解；生僻字词均加注汉语拼音，以利诵读。

本套丛书选用中华书局出版的权威版本作为底本，由富有研究成果的专家学者协力遴选篇章、撰写导言及点评，在此对专家学者们“撷取务精、注释务准”的专业精神表示由衷谢意。

藉由此书，我们愿为古典文学爱好者以及有兴趣了解经典的读者奉上可参考的常备读本。希望我们的努力可以为传统经典贴近当代读者、当代读者走近传统经典助力。

中华书局编辑部

2011 年 2 月

导 言

《世说新语》（以下简称为《世说》）是中国古典文学园林中的一朵奇葩，具有经久不衰的艺术魅力，它对于中国知识分子在精神品格的塑造方面也产生了深远的影响。明代学者胡应麟（1551～1602）对这部文学名著给予高度评价，他说："刘义庆《世说》十卷。读其语言，晋人面目气韵，恍忽生动，而简约玄淡，真致不穷，古今绝唱也。"（《少室山房集》卷一〇二"读《世说新语》"条，下文引胡氏之语出处同此）。在这里，我们先将《世说》的基本情况向各位读者加以介绍。

一

《世说》是一部纂辑旧文、成于众手的志人小说。其主编刘义庆（403～444）为彭城（今江苏徐州）人，南朝刘宋之宗室，袭封临川王，历任平西将军、荆州刺史、南兖州刺史以及都督加开府仪同三司。他去世后，被朝廷追赠为司空，谥号康王。他一生简素寡欲，爱好文学，编纂了《典叙》《集林》《宣验记》《后汉书》《幽明录》《徐州先贤传》《江左名士传》和《宋临川王义庆集》等多种著作，这些书大都已经亡佚了。他的生平事迹在《宋书》和《南史》本传中有比较详细的记载。

《世说》一书大约在元嘉十六年（439）四月至元嘉十七年（440）十月间编成于江州（今江西九江）。参与编纂者有著名的文学家袁淑（408～453）、鲍照（？～466）、何长瑜（？～445?）和陆展（？～453）等人，他们当时在刘义庆的幕府中工作。

《世说》的基本特点是采取分门隶事的体制。该书共有36门，各门之名称和意义如下：《德行》——道德、品行；《言语》——言谈、辞令；《政事》——行政事务；《文学》——文章、学术；《方正》——端方正直；《雅量》——气量宏阔；《识鉴》——赏识、辨别；《赏誉》——赏识、赞誉；《品藻》——品评、鉴定；《规箴》——规谏、告诫；《捷悟》——敏捷、迅速；《夙惠》——早慧、早熟；《豪爽》——豪放、爽快；《容止》——形貌、举止；《自新》——自我革新；《企羡》——欣羡、仰慕；《伤逝》——哀念逝者；《栖逸》——隐居、退隐；《贤媛》——贤明女士；《术解》——解悟技艺；《巧艺》——技巧、技艺；《宠礼》——宠爱、礼遇；《任诞》——任达、放纵；《简傲》——简慢、高傲；《排调》——嘲戏、调笑；《轻诋》——轻视、诋毁；《假谲》——虚伪、诡诈；《黜免》——黜退、罢免；《俭啬》——吝啬、小气；《汰侈》——骄奢、奢侈；《忿狷》——忿怒、狷急；《谗险》——诽谤、邪恶；《尤悔》——过失、悔恨；《纰漏》——错误、疏忽；《惑溺》——迷惑、沉溺；《仇隙》——仇怨、嫌隙。以上各门的排列大致遵从由褒到贬的次序：褒在前，贬居后，愈往前愈褒，越往后越贬。《世说》每一门中的故事，性质相似，所写人物有同有异；每个人物的言行，散见于各门之中。由此，其所写人物与各门互为经纬，形成一个蕴涵六百多人的人物画廊。读者既可以由其具体的门类加强对某一方面内容的认识，又可以将每个人物在各门中的故事综合起来，窥见其完整的艺术形象。这就是这部古典名著皮里阳秋的艺术奥秘之所在。

其次，《世说》长于记言记事。鲁迅先生说它“记言则玄远冷隽，记行则高简瑰奇”（《中国小说史略》第七篇《〈世说新语〉及其前后》），所论十分中肯。此书主要记载东汉后期至晋宋间的一些名士的言行逸事，表现了魏晋世族社会的波谲云诡和士林精英的心灵悸动。其记言的成分多于记事。《世说》的人物每发言遣词，无不毕肖其声口，寥寥数语，往往使其神情毕现，跃然纸上，堪称鬼斧神工。书中既没有绝对的好人，也没有绝对的坏人，呈现在读者面前的是性格丰满、情韵生动的活生生的人。

书中通俗的方言、口语与典雅的书面语珠联璧合，语言丰富而生动。作者采用富于时代性的语言来表现当时人物的生活形态和思想感情，从而实现了对中国古代文章语体的一次重要变革，在中国文学史上独树一帜。《世说》的语言斑斓绚丽，多姿多彩：时而美艳华丽，时而冷隽玄远，时而清婉疏雅，时而幽默风趣，而尤其富于“纡余委曲”的含蓄美、“排沙简金”的简洁美和“韶音令辞”的音乐美，空灵要眇，真致不穷。其渊懿丰厚的审美情味，千载以下，仍然使人耽味不已。

《世说》虽为文学宝典，而具史传特性，故而在文化方面极富价值。书中广泛反映了汉末魏晋之际的社会风气，诸如清谈玄学、人物品藻以及饮酒服药等等。在书中我们还可以窥见潇洒自信的女性、富于智慧的儿童、能征善战的将军、运筹帷幄的政客、隐居避世的名士和优游朱门的高僧等诸多人物的活动。所以，它的价值已经远远超出了小说的范围。有人说它是魏晋文化的百科全书，这是有一定道理的。

《世说》的语言和故事，有许多已经成为我国古典诗词中常用的典故，成为汉民族文学语言的有机组成部分。书中的某些故事，又成为后代文学题材的重要渊薮。后世的戏曲和小说多有从此书取材者。而后世文章从体例结构到语言风格，常常踵其步武，刻意模拟，因而形成了代代不绝的“《世说》体”文学。

二

《世说》一直深受历代文人学子的喜爱。清代学者刘熙载（1813~1881）在《艺概·文概》中指出：“文章蹊径好尚，自《庄》《列》出而一变，佛书入中国又一变，《世说新语》成书又一变。此诸书，人鲜不读，读鲜不嗜，往往与之俱化。惟涉而不溺，役之而不为所役，是在卓尔之大雅矣。”“与之俱化”，是说读书能入而不能出，如鲁迅先生说明清以来的一些文人有“《世说》

癖”，常常模拟《世说》人物的言行，这就是“与之俱化”的结果。笔者虽然对明清文人的标榜习气不以为然，但也有“《世说》癖”，这一点则是毫无疑问的。那是很多年以前，还在初三读书的时候，一次偶然的机会使我见到了我国著名语言学家吕叔湘先生编写的《笔记文选读》（上海古籍出版社，1979 年）一书。吕先生说：“笔记作者不刻意为文，只是遇有可写，随笔写去，是‘质胜’之文，风格较为朴质而自然。”（《笔记文选读·序》）他称《世说》：“其书记魏晋间事，尤详于渡江以后；以‘德行’‘言语’等别为三十六门，一事多者百余言，少或十数字。着墨不多，而一代人物，百年风尚，历历如睹，盖善于即事见人，所谓传神阿堵者。”所以，我被他选录的《世说》作品深深地吸引了。后来读大学在中文系学习时，我反复披览《世说》全书，并撰写了我的毕业论文《论〈世说新语〉的语言美》。而后来我的博士论文也是以《世说》为研究课题的。

《世说》确实是一部值得阅读的好书。记得鲁迅先生给他的挚友许寿裳先生的儿子许世瑛开列的为数不多的几种必读书中就有这部书。1987 年的秋天，我有幸在商务印书馆见到著名学者、辞书专家刘叶秋先生。当时刘先生审读了我的一篇关于《世说》的论文，并且对我说：“少年人读《世说》，觉其浅而易；老年人读《世说》，觉其深而难。因为少年人读书往往如走马观花，不加深思，而老年人捧卷则细致认真，疑必求解，不同的读书态度自然会产生不同的感觉。”而他在《邺下风流在晋多——读〈世说新语〉散记》一文中自称：“《世说新语》为魏晋轶事小说的代表作，自少喜读，至老不衰。”（南开大学出版社，1985 年）由此可知，刘先生所言乃是他平生阅读《世说》的真切体会。刘先生早已辞世了，但每想起他对我说过的话，先生的卓识与亲切都令我感动。我们读书确实应该像老一辈学者那样，细大不捐，探赜求实，否则只能是入宝山而空回，临华筵而虚腹。

本书选取了《世说》有代表性的故事共计 80 条，一般对原文不作删节；各条的标题为编者所加，在正文之后，标明其所属门类，对“扩展阅读”所摄取的材料，也注明其出处，以便查考。而各条的“扩展阅读”，主要取材于刘孝标《世说注》引用的材料和《世说》正文的相关条目，也有一些取材于经、史、子、集等方面的名著。为了便于读者阅读和理解，本书将这80条《世说》故事按照内容归为七类，即：美德，妙语，深情，才艺，洒脱，早慧，个性。

应中华书局编辑部之邀，我谨将这部小书献给各位读者，希望能够对大家有所帮助。不当之处，敬祈批评、指正。

范子烨

目 录

美德

妙语

深情

才艺

洒脱

早慧

个性

美德

礼贤下士

陈仲举言为士则[①]，行为世范[②]，登车揽辔[③]，有澄清天下之志。为豫章太守[④]，至，便问徐孺子所在[⑤]，欲先看之。主簿白[⑥]：“群情欲府君先入廨[⑦]。”陈曰：“武王式商容之闾[⑧]，席不暇暖。吾之礼贤，有何不可！”

（《德行》）

【注释】

①陈仲举（？～168）：名蕃，字仲举。平舆（今河南汝南）人。东汉桓帝末年，任太傅。当时宦官擅权，他与大将军窦武谋诛宦官，被害。　士则：士，读书人，知识分子；

则，准则。

②范：模范。

③揽辔：揽，拿住；辔，牲口的嚼子和缰绳。这里指走马上任。

④豫章：豫章郡，郡的首府在南昌（今江西南昌）；太守，郡的最高行政长官。

⑤徐孺子：名稚，字孺子，东汉豫章南昌人。当时的名士。

⑥主簿：官名，主管文书簿籍一类的事情。　白：陈述，禀报。

⑦府君：汉晋时期对太守的称呼。太守办公的地方称府，所以称太守为府君。　廨（xiè）：官署，衙门。

⑧武王：周武王。　式：通“轼”，车前横木。这里的“式”是指行车途中在车上向人表示敬意的一种礼节，其方式或者是在车上跪拜，或者是低头抚轼。　商容：商纣时的大夫，当时被认为是贤人。　闾：里巷。

【译文】

陈仲举的言论是读书人的准则，行为是世人的模范。他初次登车赴任，就有澄清天下的志向。他在担任豫章太守时，刚到郡里，就询问徐孺子的住处，想先去拜访他。主簿禀报说：“大家的意思是希望府君先进官署。”陈仲举说：“周武王连席子都来不及坐暖，就去商容住处拜望，表达敬意。我先去礼拜贤人，又有什么不可以呢！”

扩展阅读

陈蕃字仲举，汝南平舆人。有室荒芜[①]，不扫除，曰：“大丈夫当为国家扫天下。”

（刘孝标注引《汝南先贤传》）

【注释】

①室：居室，房屋。

【译文】

陈蕃字仲举，是汝南平舆人。家中庭院都荒芜了，他也不打扫清除，却说："大丈夫应当为国家扫平天下。"

点评

陈蕃是一个志向远大的人，所以他能够礼贤下士，淡忘自我。他考虑的是国家利益，而不是个人的名分。所以，他面对自己荒芜的庭院，也能够怡然自乐。这种思想境界是很值得敬佩的。

一世龙门

李元礼风格秀整①，高自标持②，欲以天下名教是非为己任③。后进之士有升其堂者④，皆以为登龙门⑤。

(《德行》)

【注释】

①李元礼（110～169）：名膺，字元礼，东汉人，曾任司隶校尉。当时朝纲废弛，他却独持法度。后谋诛宦官未成，被杀。　风格：风度，格调。　秀整：高雅，庄重。

②标持：自负。

③名教：儒家所倡导的以正名定分为准则的礼教。

④升其堂：指有机会接受教诲。堂，厅堂。

⑤龙门：地名，在山西河津县西北。参见本条“扩展阅读”。

【译文】

李元礼风度不凡，庄重高雅，颇为自负，试图以弘扬儒家礼教、辨明是非为己任。后辈读书人有机会能够到他府上聆听教诲的，都以为是登上了龙门。

扩展阅读

龙门一名河津，去长安九百里①，水悬绝②，龟鱼之属莫能上[3]，上则化为龙矣。

（刘孝标注引《三秦记》）

【注释】

①去：距离。

②悬绝：高绝，形容水位落差很大。

③属：类。

【译文】

龙门又名河津，距长安城有九百里，水势高绝，龟鱼之类难以游上去。有能游上去的，就会变成龙。

点评

人生于世，对于国家和民族应该具有使命感和责任感。李膺身为一代名士，能够大力扶植和关爱那些虚心求教的后学、晚辈，这一点在当时等级森严的社会里是非常宝贵的。

巨伯探病

荀巨伯远看友人疾[①]，值胡贼攻郡[②]，友人语巨伯曰："吾今死矣，子可去[③]。"巨伯曰："远来相视，子令吾去，败义以求生，岂荀巨伯所行邪！"贼既至，谓巨伯曰："大军至，一郡尽空，汝何男子[④]，而敢独止？"巨伯曰："友人有疾，不忍委之[⑤]，宁以我身代友人命。"贼相谓曰："我辈无义之人，而入有义之国。"遂班军而还[⑥]，一郡并获全。

（《德行》）

【注释】

①荀巨伯：东汉桓帝时人。

②值：遇上，碰上。　胡：古时对西北各少数民族的统称。

③子：尊称，相当于"您"。

④汝：你。

⑤委：抛弃。

⑥班军：把出征的军队撤回去。

【译文】

荀巨伯到远方探望患病的朋友，正好遇上胡人的贼兵攻打郡城，朋友劝巨伯说："我现在活不成了，请您离开吧。"巨伯说："我远道来看望你，你却叫我离开，损害道义以求活命，岂是我荀巨伯之所为！”贼人到了，对巨伯说：“大军一到，全城皆空，你是什么人，竟敢独自停留于此？”巨伯说：“朋友生病，我不忍心扔下他，宁愿代朋友一死。”贼人听了，互相议论说：“我们这些没有道义的人，却侵入了有道义的国家！”于是撤回了军队，全城也因此得以保全。

扩展阅读

朱晖字文季，南阳宛人也。家世衣冠[①]。晖早孤，有气决[②]。年十三，王莽败[③]，天下乱，与外氏家属从田间奔入宛城[④]。道遇群贼，白刃劫诸妇女，略夺衣服[⑤]。昆弟宾客皆惶迫[⑥]，伏地莫敢动。晖拔剑前曰：“财物皆可取耳，诸母衣不可得[⑦]。今日朱晖死日也！”贼见其小，壮其志，笑曰：“童子内刀[⑧]。”遂舍之而去。

（《后汉书》卷四三《朱晖传》）

【注释】

①衣冠：古代士以上的人服冠。这里指世族、士绅。

②气决：气概，决断。

③王莽（前45～后23）：新王朝的建立者，公元8～23年在位。

④外氏：母亲的家族。

⑤略夺：抢劫，劫夺。

⑥昆弟：兄弟。

⑦诸母：庶母，父妾之有子者。

⑧内刀：内心刚劲，犀利如刀。

【译文】

朱晖字文季，南阳宛城人。其家历代皆为世族。朱晖虽然早年丧父，但是很有气魄。他十三岁时，王莽败亡，天下大乱，和母亲家的亲属一同奔入宛城。途中遇见群贼，用刀剑劫持各位妇女，抢夺她们的衣物。他的外氏兄弟和随行的宾客们都惶恐万分，趴在地上不敢动弹。朱晖拔剑而前，说道："财物，你们可以拿去，庶母的衣服，你们不能动！否则，今天就是我朱晖死亡之日！"贼人见他幼小，很钦佩他的心志，笑道："这个孩子内心刚劲，锋利如刀。"于是抛开他们走了。

点评

荀巨伯的故事只有 116 个字，结构完整，对话生动，语言精练，具有鲜明的艺术特色。开头一句"荀巨伯远看友人疾"，就已经写出了荀巨伯对朋友的关怀——他不辞辛苦，不怕路远来探视身患重病的朋友。作品在情节的发展中，通过他和朋友以及和胡贼的两次对话，逐步把他的重义轻生、笃于友情的崇高品质表现出来，真挚而感人。特别是从贼人口中说出他当时是在"一郡尽空"的情况下，冒着生命危险留在友人身边的，就更加令人赞叹。赳赳胡兵，粗野无理，是荀巨伯的高尚情操唤醒了他们的良知，终于发出了"我辈无义之人，而入有义之国"的感叹。这是对其野蛮的侵略行为的自我省察，也是对以荀巨伯为代表的中国传统道德风范的礼赞。而少年朱晖面对贼人手中的利刃无所畏惧的气概，使那些惶恐伏地的成年人也相形见绌。荀巨伯以道义感动了胡贼，朱晖以勇敢震慑了强人。其精神、品质，千载之下，仍然熠熠闪光，鼓舞人心。

割席分坐

管宁、华歆共园中锄菜[①]，见地有片金，管挥锄与瓦石不异，华捉而掷去之[②]。又尝同席读书[③]，有乘轩冕过门者[④]，宁读如故，歆废书出看[⑤]。宁割席分坐[⑥]，曰："子非吾友也！"

（《德行》）

【注释】

①管宁（158～241）：字幼安。三国魏北海朱虚（今山东临朐县东）人。终生不仕，卒于家。　华歆（156～231）：字子鱼。东汉平原高唐（今山东禹城县）人。魏明帝时任太尉。

②捉：握，拿。　掷：扔，抛。

③席：坐席。

④轩冕：大夫以上的贵族坐的车和戴的礼帽，这里是偏义复词，指轩而言。

⑤废：放弃，放下。

⑥割席分坐：后用此语代指朋友绝交。

【译文】

管宁和华歆一同在园中锄菜，看见地上有片金子，管宁照旧锄地，就和看见瓦石一样，华歆却把金子捡起来又扔了出去。他们还曾经同在一张席上读书，这时有达官贵人乘车从门口经过，管宁照旧读书，华歆却放下书本跑出去观看。管宁就割断席子，分开座位，说道："你不是我的朋友。"

扩展阅读

南阳翟道渊与汝南周子南少相友[①]，共隐于寻阳[②]。庾太尉说周以当世之务[③]，周遂仕。翟秉志弥固[④]。其后周诣翟[⑤]，不与语。

（《栖逸》）

【注释】

①翟（zhái）道渊：翟汤，字道渊，南阳（今河南南阳）人。生活于东晋成、康二帝时期，隐居不仕。 周子南：周邵（shào），字子南，晋汝南（今河南汝南县）人。曾任镇蛮护军、西阳太守。

②寻阳：县名，在今江西九江。

③庾太尉：庾亮（289～340），字元规。晋颍川鄢（yān）陵（今河南鄢陵）人。为东晋名臣。死后被追封为太尉，谥文康。

④秉志：坚持自己的志向。 弥固：更加坚定。

⑤诣：拜访。

【译文】

南阳人翟道渊和汝南人周子南年轻时关系很好，一同隐居在寻阳。庾太尉曾以当代之国家大事游说周子南，子南于是出来做官；翟道渊却更加坚定了隐居的心志。后来周去拜访翟，翟不和他说话。

点评

孔子说："道不同，不相为谋。"人各有志，趣味不同。同为读书人，管宁淡泊名利，华歆却羡慕富贵；同是隐士，翟汤隐居终生，周邵则弃隐为官。人生的价值是多元的，人生的道路也不只一条。但不同追求的人很难成为朋友。

郗公名德

郗公值永嘉丧乱[①]，在乡里，甚穷馁[②]。乡人以公名德，传共饴之[③]。公常携兄子迈及外生周翼二小儿往食[④]，乡人曰："各自饥困，以君之贤，欲共济君耳，恐不能兼有所存。"公于是独往食，辄含饭著两颊边，还，吐与二儿。后并得存，同过江[⑤]。郗公亡，翼为剡县[⑥]，解职归，席苫于公灵床头[⑦]，心丧终三年[⑧]。

（《德行》）

【注释】

①郗（xī）公：郗鉴（269～339），字道徽，高平金乡（今山东金乡县）人。东晋时历任兖州刺史、司空、太尉等职。 永嘉丧乱：晋怀帝永嘉五年（311），在山西称帝的匈奴贵族刘聪（国号汉）派其将领石勒、刘曜俘杀宰相王衍，攻破洛阳，俘虏怀帝，焚毁全城，屠杀士民三万余人，史称"永嘉之乱"。

②穷馁（něi）：穷，生活困难；馁，饥饿。

③传：轮流。 饴（sì）：通"饲"，给人吃东西。

④外生：外甥。

⑤过江：指渡过长江到达江南。永嘉之乱，中原人士纷纷过江避难，后来镇守建康的琅邪王司马睿即帝位，建立了东晋。

⑥为剡（shàn）县：指做剡县（今浙江嵊州）县令。

⑦席苫（shān）：铺草垫子为席，坐、卧于其上。　灵床：灵位。

⑧心丧：好像哀悼父母一样悲伤而不穿孝子之服。古时父母死，服丧三年；外亲死，服丧五月。郗鉴是舅父，周翼却为他守孝三年，故称心丧。

【译文】

郗公在永嘉丧乱时期，居住在家乡，生活十分艰苦，经常挨饿。乡里人因为他的名望道德，便轮流请他吃饭。郗公经常带着侄子郗迈和外甥周翼这两个小孩一同前往就餐。乡里人说："各家自己也都穷困缺粮，因为您的贤德，大家才想共同接济您，恐怕不能兼顾两个孩子。"郗公于是便单独去吃饭，每次总是把饭含在两颊里，回家后吐给两个孩子。后来他们都活了下来，一起渡过长江。郗公去世之时，周翼正任剡县县令，他辞职还家，在郗公灵位前铺垫守丧，足足三年之久。

扩展阅读

（鉴）少有体正[①]，耽思经藉[②]，以儒雅著名。永嘉末，天下大乱，饥馑相望[③]。冠带以下[④]，皆割己之资供鉴[⑤]。

（刘孝标注引《郗鉴别传》）

【注释】

①体正：正派，正直。

②耽思：专心研究。　经藉：经书典籍；藉，同"籍"。

③饥馑：饥荒。

④冠带：以服饰代指人，这里指官僚贵族。

⑤割己：割舍自己。

【译文】

郗鉴年轻时为人正直，专心研读古代经典，以儒雅著称于世。永嘉末年，天下大乱，饥荒不断。官僚贵族以至黎民百姓，都割舍自己之所有来供给郗鉴。

点 评

在战乱、饥荒不断的年代，人们不顾自己生活的困苦，尽可能地帮助郗鉴这位正直而有名望的人，这一事实足以说明人们对道德、学问的尊崇。而郗鉴却将生存的希望留给两个孩子，更足以说明他对后代、晚辈的关爱和崇高的自我牺牲精神。这是一曲爱的颂歌！

顾荣施炙

顾荣在洛阳[①]，尝应人请，觉行炙人有欲炙之色[②]，因辍己施焉[③]，同坐嗤之[④]。荣曰："岂有终日执之[⑤]，而不知其味者乎?"后遭乱渡江[⑥]，每经危急，常有一人左右己[⑦]，问其所以[⑧]，乃受炙人也。

(《德行》)

【注释】

①顾荣：字颜生，吴郡（今江苏苏州）人。仕于孙吴和东晋，历任黄门侍郎、散骑常侍等职。

②行炙人：传递菜肴的仆人。炙，烤肉，魏晋贵族喜欢吃的一种食品。

③辍己：自己停下来。 施：给，赠给。 焉：相当于“于之”，给他。

④嗤：讥笑，嘲讽。

⑤执：拿，持。

⑥渡江：参见“郗公名德”注①和注⑤。

⑦左右：帮助，这里是方位性名词用作动词。

⑧所以：原因。

【译文】

顾荣在洛阳之时，曾应邀赴宴，发现上菜的仆役露出想吃烤肉的神情，就把自己的那一份让给了他。同座的人都讥笑顾荣，顾荣说：“天天端着烤肉，却不知肉味如何，天下哪有这种道理呢?”顾荣后遭永嘉之乱过江避难，每逢危急之时，常有一个人在身边帮助他。顾荣问他为什么这样做，原来他就是过去得到烤肉的那个人。

扩展阅读

淮阴侯韩信者[①]，淮阴人也。始为布衣时[②]，贫无行[③]，不得推择为吏[④]；又不能治生商贾[⑤]，常从人寄食饮，人多厌之者。……信钓于城下，诸母漂[⑥]，有一母见信饥，饭信[⑦]，竟漂数十日。信喜，谓漂母曰：“吾必有以重报母。”……汉五年正月，徙齐王信为楚王[⑧]，都下邳[⑨]。信至国，召所从食漂母，赐千金。

（汉·司马迁《史记》卷九二《淮阴侯列传》）

【注释】

①韩信（？～前196）：汉初诸侯王。淮阴（今江苏清江西南）人。初被刘邦封为齐王。汉朝建立，改封楚王，后降为淮阴侯。

②布衣：平民。

③无行：没有好的品行。

④推择：推荐，选举。　吏：官吏。

⑤治生：谋生。　商贾（gǔ）：商人。

⑥漂：洗衣服。

⑦饭：给饭吃。

⑧徙：迁升。

⑨都：建都。　下邳（pī）：地名，在今江苏睢（suī）宁西北。

【译文】

淮阴侯韩信是淮阴人。最初为平民时，贫穷而无品行，所以不能被举荐为官；又不能为谋生去做买卖，所以常常寄食于人，人们大都讨厌他。……韩信曾经在城下钓鱼，许多年老的妇女在这里洗衣服，有一位老婆婆见韩信饥饿，就给他饭吃。老婆婆一连数十天在此洗衣服。韩信很高兴，就对老婆婆说："我将来一定要厚报您老人家。"……汉五年正月，韩信由齐王改封为楚王，建都于下邳。韩信到了自己的属国，召见给他饭吃的洗衣服的老婆婆，赐给她千两黄金。

点评

古人说："积善之家，必有余庆；积不善之家，必有余殃。"顾荣身为贵族，却将自己的烤肉送给仆人吃，足以说明他具有平等的价值观念；而洗衣服的老婆婆帮助身处困境、浪荡无行的青年韩信，也显示了一颗善良的心。他们的善行都得到了应有的回报。

庾公的卢

庾公乘马有的卢[①]，或语令卖去。庾云："卖之必有买者，即复害其主，宁可不安己而移于他人哉[②]？昔孙叔敖杀两头蛇以为后人，古之美谈。效之，不亦达乎[③]？"

（《德行》）

【注释】

①庾公：即庾亮，参见"割席分坐"条"扩展阅读"注③。的（dí）卢：相传是一种凶马，古人认为骑此种马不吉利。

②宁可：怎么能，岂可。

③达：通达，明白事理。

【译文】

庾公的坐骑中有一匹的卢马，有人告诉他，应该卖掉它。庾公说："如果卖它，就必然有买主，这就可能伤害那个新主人。怎么能将对自己安全构成威胁的东西转嫁给别人呢？从前孙叔敖杀死两头蛇，为的是不让后面来的人再看到它，这是古时的美谈。我向他学习，不也是明白事理吗？"

扩展阅读

孙叔敖为儿时[①]，出，道上见两头蛇[②]，杀而埋之。归见其母，泣，问其故，对曰："夫见两头蛇者，必死。今出见之，故尔。"

母曰："蛇今安在?"对曰："恐后人见，杀而埋之矣!"母曰："夫有阴德，必有阳报。尔无忧也!"后遂兴于楚朝[③]，及长，为楚令尹。

（刘孝标注引贾谊《新书》）

【注释】

①孙叔敖：名敖，字叔敖，春秋时楚国令尹。曾经兴修水利，灌田万顷，颇多建树。

②两头蛇：传说中的一种怪蛇，见者必死。

③兴：兴起，指擢升高位，有所建树。

【译文】

孙叔敖小时候，有一次外出，在道上见到一条两头蛇，便将它杀死埋掉了。回家后一见到他的母亲，就哭了。母亲问他为什么哭，他回答说："看见两头蛇的人必死无疑，我外出时见到了它，所以才哭。"母亲说："蛇现在哪里?"他回答说："我担心后来的人见到它，已经把它杀死埋掉了。"母亲说："暗中积德的人，必然会有公开的回报。你不要有任何忧虑!"他后来兴起于楚国，长大之后，担任了楚国的令尹。

点评

己所不欲，勿施于人。庾公爱人如己，精神可嘉，而幼小的孙叔敖冒着生命危险为人除害，更表现出不凡的精神品格。他们珍惜自己的生命，更关心他人安危。在此二者发生矛盾的时候，他们都选择了后者。这种崇高的精神，这种对人、对社会的责任感，是促进社会进步的重要因素之一。

洁行廉约

范宣年八岁[①]，后园挑菜[②]，误伤指，大啼。人问："痛邪？"答曰："非为痛，身体发肤，不敢毁伤[③]，是以啼耳。"宣洁行廉约，韩豫章遗绢百匹[④]，不受；减五十匹，复不受。如是减半，遂至一匹，既终不受。韩后与范同载[⑤]，就车中裂二丈与范云："人宁可使妇无裈邪[⑥]？"范笑而受之。

（《德行》）

【注释】

①范宣：字宣子。晋陈留（今河南陈留县东北）人。以博学、道德闻名于世。

②挑：挖。

③"身体"句，语出《孝经》："身体发肤，受之父母，不敢毁伤，孝之始也。"

④韩豫章：韩伯，字康伯。晋颍川长社（今河南长葛县）人。曾任豫章太守等职。　遗（wèi）：赠送。

⑤载：乘坐。

⑥裂：撕。　与：给。　裈（kūn）：裤子。

【译文】

范宣八岁时，在后园挖菜，不小心伤了手指，就大哭起来。别人问他："很疼吗？"他回答说："不是为疼，身体发肤，不敢毁伤，因此才哭的。"范宣品行高洁，生活俭朴，韩豫章送给他一百匹绢，他不收；减到五十匹，还是不收。就这样一路减半，最后减到一匹，他仍是拒绝。后来韩豫章与范宣一起乘车，在车上撕了两丈绢给范宣，说："一个人难道可以让妻子没有裤子穿吗？"范宣才笑着收下了。

扩展阅读

宣家至贫[①]，罕交人事[②]。豫章太守殷羡见宣茅茨不完[③]，欲为改室。宣固辞。羡爱之，以宣贫，加年饥疾疫，厚饷给之[④]。宣又不受。

（刘孝标注引《中兴书》）

【注释】

①至：极，特别。

②交人事：与人交往。

③殷羡：字洪乔，晋陈郡长平（今河南西华县东北）人。历任豫章太守、光禄勋等职。　茅茨（cí）：指茅屋。

④饷（xiǎng）：赠送。

【译文】

范宣家极为清贫，很少与外人交往。豫章太守殷羡看到范宣住在残破的茅屋里，便想为他改建新居。范宣坚决推辞。殷羡喜欢范宣，因为他过于贫穷，加上饥荒之年瘟疫流行，便馈赠给他许多东西。范宣又推辞不受。

点评

道德高尚、学识渊博的人往往具有丰富的精神世界。他们不因清贫而趋俗，不以荣华而肆志，安贫乐道，秉持操守，故其生活虽贫，但在精神上却非常富有。《大学》说：“富润屋，德润身，心广体胖。”堪称至理名言。

士人之常

殷仲堪既为荆州[①]，值水俭[②]，食常五碗盘[③]，外无余肴。饭粒脱落盘席间，辄拾以啖之[④]。虽欲率物[⑤]，亦缘其性真素[⑥]。每语子弟云："勿以我受任方州[⑦]，云我豁平昔时意[⑧]，今吾处之不易[⑨]。贫者，士之常[⑩]，焉得登枝而捐其本[⑪]！尔曹其存之[⑫]。"

（《德行》）

【注释】

①殷仲堪（？～399）：晋陈郡长平（今河南西华县东北）

人。善属文，能清言。晋孝武帝太元十七年（392），任荆州刺史。

②值：正赶上。　水俭：因洪涝而庄稼歉收。太元十九、二十年，荆、徐二州遭水灾。

③五碗盘：魏晋六朝及隋唐时期流行于南方的一种成套食器。每套由一个圆形托盘及盛放于其中的五只小碗组成，故名。

④啖（dàn）：吃。

⑤率物：为人表率。

⑥真素：真诚，质朴。

⑦方州：一州的长官。

⑧豁：抛弃。

⑨易：改变。

⑩常：常态。

⑪本：根本。

⑫尔曹：你们。　其：表达希望、劝告之意的语气副词。存：记住。

【译文】

殷仲堪担任荆州刺史时，正遇上水灾歉收，他吃饭通常只是五个碗盘，此外没有其他菜肴。饭粒掉在盘中或席上，总是捡起来吃掉。这样做，虽然意在为人表率，也是因为他本性真诚、质朴。他常常告诫子侄们说："不要因为我担任一州的长官，就认为我会抛弃平生的志向，现在我坚守心志，毫无改变。贫穷是读书人的常态，怎么能登上了高枝，就丢掉他的根本呢！你们要记住我的话！"

扩展阅读

王恭从会稽还[1]，王大看之[2]。见其坐六尺簟[3]，因语恭："卿东来，故应有此物，可以一领及我。"恭无言。大去后，即举所坐者送之。既无余席，便坐荐上[4]。后大闻之，甚惊，曰："吾本谓卿多[5]，故求耳。"对曰："丈人不悉恭[6]，恭作人无长物[7]。"

（《德行》）

【注释】

①王恭（？～398）：字孝伯，小字阿宁，晋太原晋阳（今山西太原）人。曾任中书令等职。　会稽：郡名，晋时治所在山阴（今浙江绍兴）。

②王大：王忱（？～392），小名佛大，也称阿大，王恭的同族叔父辈，曾担任荆州刺史。

③簟（diàn）：竹席。

④荐：草垫子。

⑤卿：第二人称代词。六朝时，长辈对晚辈、上级对下级可以称卿。

⑥丈人：晚辈对长辈的尊称。

⑦长物（chángwù，旧读 zhàngwù）：多余的东西。

【译文】

王恭从会稽回来后，王大前去看望他。看见他坐着一张六尺长的竹席子，便对王恭说："你从东边回来，自然会有这种东西，可否送一领给我？"王恭没有说什么。王大走后，他就把自己坐的那领竹席送给了王大。既然自己没有多余的竹席了，他就坐在草垫子上。后来王大听说此事，非常吃惊，对王恭说："我原来以为你肯定有多余的，所以才向你要。”王恭回答说：“您不了解我，我为人处世，从来没有多余的东西。”

点 评

殷仲堪身居高位，而不忘士人处世之根本，他秉持平生之操守，为人表率，表现出独特的人格风韵。而王恭为人身无长物，清廉简约，面对他人的索取，慷慨相赠，更显示了超然物外、不计得失的精神修养。在这里，殷仲堪对晚辈的谆谆教诲与王恭的默然无言，虽然外在表现不同，而其精神本质则是相通的。

纯孝之报

吴郡陈遗[①]，家至孝。母好食铛底焦饭[②]，遗作郡主簿[③]，恒装一囊，每煮食，辄贮录焦饭[④]，归以遗母[⑤]。后值孙恩贼出吴郡[⑥]，袁府君即日便征[⑦]。遗已聚敛得数斗焦饭，未展归家[⑧]，遂带以从军。战于沪渎[⑨]，败，军人溃散，逃走山泽，皆多饥死，遗独以焦饭得活。时人以为纯孝之报也。

（《德行》）

【注释】

①陈遗：东晋吴郡（今江苏苏州）人。为郡吏，以孝闻名。

②铛（chēng）：一种铁锅。

③主簿：官职名，参见“礼贤下士”条注⑥。

④贮录：贮藏。

⑤遗：赠送。

⑥孙恩（？～402）：字灵秀，晋末琅邪（今山东临沂）人。信奉五斗米道，为农民起义军领袖。

⑦袁府君：即袁山松，晋陈郡阳夏（今河南太康县）人。少有才名，博学，有文章。曾任吴郡太守，被孙恩所杀。

⑧未展：未及。

⑨沪渎（hùdú）：水名。在上海市上海县东北，或简称“沪”，即吴淞江下游一段。

【译文】

吴郡陈遗在家中非常孝顺。他母亲喜欢吃锅巴，陈遗在郡里担任主簿的时候，总是准备一个口袋，每逢煮饭，就把锅巴储存起来，等到回家后就送给母亲。后来遇上孙恩带兵进攻吴郡，袁府君当日便要出兵征讨。这时陈遗已经收集了好几斗锅巴，来不及回家，便带着随军出征。双方在沪渎开战，结果官军被打败了，士兵溃散，逃进山林沼泽，大多数人都饿死了，单单陈遗靠锅巴活了下来。当时人们认为这是对他纯厚孝心的回报。

扩展阅读

会稽人顾翱少失父[①]，事母至孝。母好食雕胡饭[②]，常率子女，躬自采撷[③]。还家，导水凿川，自种供养，每有赢储[④]。家亦近太湖，湖中后自生雕胡，无复余草，虫鸟不敢至焉，遂得以为养。郡县表其闾舍[⑤]。

（晋·葛洪《西京杂记》卷五）

【注释】

①会稽：郡名，参见“士人之常”条“扩展阅读”注①。顾翱（áo）：汉朝人。

②雕胡饭：即菰（gū）米饭。菰是一种多年生草本植物，长于池沼。嫩茎名茭白，可作蔬菜，果实叫菰米或雕胡米，亦可食用。

③躬自：亲自。采撷（xié）：采摘。

④赢储（yíngchǔ）：剩余储备。

⑤表：旌表，为表彰善行而树立标志。闾（lǘ）舍：家门，府舍。

【译文】

会稽人顾翱从小失去父亲，对母亲特别孝顺。母亲喜欢吃雕胡饭，他便常常率领儿女，亲自采摘。返回家后，他又引水开渠，自己种植雕胡，以供养母亲，每每有剩余。他家离太湖很近，湖中后来自然长出雕胡，再没有其他的草，而虫鸟也不敢到这里来，于是他便有采不尽的雕胡来奉养母亲了。郡县的长官闻知他的孝行，特意在他的家门口设立标志，以示嘉奖。

点评

“哀哀父母，生我劬劳”，为人子者对父母当有孝敬之心。而对父母孝敬与否，也是衡量人品德高下的一种重要尺度。陈遗和顾翱，都是我国古代社会奉行孝道的典范。他们的孝行得到了人们的肯定。这说明在中国传统文化的理念中，孝道是立身之本。

二吴之哭

吴道助、附子兄弟居在丹阳郡①，后遭母童夫人艰②，朝夕哭临及思至、宾客吊省③，号踊哀绝④，路人为之落泪。韩康伯时为丹阳尹⑤，母殷在郡，每闻二吴之哭，辄为凄恻，语康伯曰："汝若为选官⑥，当好料理此人。"康伯亦甚相知。韩后果为吏部尚书⑦，大吴不免哀制⑧，小吴遂大贵达⑨。

（《德行》）

【注释】

①吴道助：吴坦之，字处靖，小名道助。晋濮阳鄄城（今山东鄄城县北之旧城）人。曾经担任西中郎将袁真功曹。 附子：吴隐之，字处默，小名附子。历任广州刺史、尚书和领军将军等职。 丹阳：郡名，治所在建业，故城在今江苏江宁县东。

②艰：丧事。

③哭临：哭吊死者的哀悼仪式。 吊省（xǐng）：哀悼死者，看望死者亲人。

④号踊：号哭跳跃，指哀痛到极点。

⑤韩康伯：即韩伯，参见"洁行廉约"条注④。

⑥选官：主持选举的官。

⑦吏部尚书：吏部的行政长官，主持官吏的任免工作。

⑧不免哀制：指经不起丧亲的打击悲痛而死。

⑨贵达：显贵，发达。

【译文】

吴道助和吴附子兄弟住在丹阳郡官署后，遭逢母亲童夫人不幸去世，在早晚哭吊的仪式上以及思念深切、或者宾客前来吊唁、探望时，无不顿足号哭，哀恸欲绝，路上的行人为之落泪。当时韩康伯担任丹阳尹，他母亲殷氏住在郡府中，每次听到吴家兄弟的哭声，总是深为哀伤。她对康伯说："你将来如果做了选官，应该妥善照顾他们两人。"韩康伯也很赏识他们。后来韩康伯果然做了吏部尚书。这时大吴已经因为哀念母亲悲痛而死了，小吴于是晋升高官，非常富贵、显达。

扩展阅读

隐之既有至性[①]，加以廉洁，奉禄颁九族[②]，冬月无被。桓玄欲革岭南之敝[③]，以为广州刺史。去州二十里，有贪泉，世传饮之者其心无厌。隐之乃至水上，酌而饮之，因赋诗曰："石门有贪泉[④]，一歃重千金[⑤]。试使夷、齐饮[⑥]，终当不易心[⑦]。"

（刘孝标注引《晋安帝纪》）

【注释】

①至性：至诚之性，特指孝顺父母。

②颁：发放。

③桓玄（369～404）：字敬道，小字灵宝。晋安帝时为江州刺史，都督荆州等八郡军事。

④石门：地名，在广州附近。

⑤歃（shà）：饮，用嘴微吸。

⑥夷、齐：伯夷、叔齐。商朝孤竹君之二子。周灭商，耻食周粟，饿死于首阳山。

⑦易：改变。

【译文】

吴隐之既有至诚之性，又廉洁奉公，所得俸禄皆颁赐给亲戚族人，甚至寒冬腊月连棉被也没有。桓玄试图革除岭南地区的弊政，便任命他为广州刺史。离广州二十里，有一处泉水，名叫贪泉，世人相传饮此泉者其心永无满足。吴隐之便来到泉水之上，举杯饮之，因而赋诗道："石门之畔流涌着清澈的贪泉，举杯一饮重于千金。遥想伯夷、叔齐两位高士，纵使他们来饮此水，也不会改变其纯洁的心。"

点 评

吴氏兄弟以孝感人。孝敬父母是每个人都应该具备的道德修养。殷氏独具慧眼，由此发现了国家的栋梁之才。道助虽然英年早逝，而附子则以个人的言行证明了殷氏的先见之明。吴隐之面对贪泉，潇潇洒洒，酌酒赋诗。在他看来，个人的人格修养高于一切，如果心灵高洁，气若霜菊，就像古代的高士伯夷和叔齐那样，即使饱饮贪泉，平生的心志也不会改变。所谓定力定识，于人生最为重要。

书生犯夜

王安期作东海郡[①]，吏录一犯夜人来[②]。王问："何处来？"云："从师家受书还，不觉日晚。"王曰："鞭挞宁越以立威名[③]，恐非致理之本[④]！"使吏送令归家。

（《政事》）

【注释】

①王安期：王承（275～320），字安期，晋太原晋阳（今山西太原）人。历任东海太守、从事中郎等职。其为人清虚寡欲，推诚待物，弘恕为怀，在晋代深有影响。　东海郡：郡名。汉置，晋因之，治所在郯（tán，今山东郯城县）。

②录：拘捕。

③鞭挞（tà）：鞭打。　宁越：战国时中牟（今河南鹤壁）人。参见本条"扩展阅读"。这里代指读书人。

④致理：致治，招致太平，获得政绩。

【译文】

王安期在担任东海郡太守时，差役们拘捕了一个犯宵禁的人来。王安期问道："你是从哪里来的？"那个人说："从老师家学完功课回家，不知不觉时间就晚了。"王安期说："惩罚一个读书人来树立威名，恐怕不是获得政绩的根本所在！”于是便派差役送他回家。

扩展阅读

宁越者，中牟鄙人也[1]。苦耕稼之劳，谓其友曰：“何为可以免此苦也？”其友曰：“莫如学也。学，三十岁则可以达矣！”宁越曰：“请以十五岁。人将休，吾不敢休；人将卧，吾不敢卧。”学十五岁，而为周威公之师也[2]。

（刘孝标注引《吕氏春秋》）

【注释】

①鄙：边鄙，边远地区。

②周威公：西周的一位国君。

【译文】

宁越是中牟边远地区的人。他苦于耕稼的辛劳，对他的朋友说：“怎么做可以免除这种劳苦呢？”他的朋友说：“没有比读书学习更好的办法。如果学习，三十年就可以显达了！”宁越说：“请允许我在十五年内显达。别人将要停止学习，我不敢停止学习；别人将要睡觉，我不敢睡觉。”宁越苦读了十五年，终于成为了周威公的老师。

点 评

王安期能够尊敬读书人，这是非常可贵的。战国时代的宁越作为成功的读书人的典范，在晋代仍然受到尊崇，足见其影响之大。勤学苦读，可以使自己摆脱稼穑之苦，甚至可以获得帝王之师的高位。但是读书人没有理由鄙视体力劳动，因为人的社会分工是有很大不同的。

竹头木屑

陶公性检厉①，勤于事。作荆州时，敕船官悉录锯木屑②，不限多少。咸不解此意。后正会③，值积雪始晴，听事前除雪后犹湿④，于是悉用木屑覆之，都无所妨。官用竹，皆令录厚头⑤，积之如山。后桓宣武伐蜀⑥，装船，悉以作钉。又云：尝发所在竹篙⑦，有一官长连根取之，仍当足⑧。乃超两阶用之⑨。

（《政事》）

【注释】

①陶公：陶侃（259～334），字士行，晋庐江寻阳（今江西九江）人。历任荆州刺史、武昌太守等职，封长沙郡公。为东晋名臣之一。　检厉：方正，严正。

②敕（chì）：告诫，命令。　悉录：悉，全部；录，收藏。

③正会：皇帝（或者封疆大吏）正月初一朝会群臣（或者僚属）。

④听事：官署中听取报告、处理政务的厅堂。　除：台阶。

⑤厚头：靠近根部的竹头。

⑥桓宣武：即桓温。西晋惠帝时（304），李雄据蜀（今四川）建立割据政权，国号成，后改为汉，史称成汉或后蜀。公元343年，传位至李势。公元346年桓温举兵伐蜀，第二年三月攻占成都，李势投降，成汉灭亡。

⑦发：征调。　所在：所处的地区，指当地。　竹篙：竹制的撑船用具。

⑧当足：当作竹篙的铁足。通常撑船用的竹篙，头部包上铁制的部件。

⑨两阶：两个等级。

【译文】

陶侃性格严正，勤于政事。他在担任荆州刺史时，曾经命令负责建造船只的官员把木屑全部收藏起来，不论多少。大家都不明白他的用意。后来正月初一正会，时值连日下雪刚刚转晴，大堂前的台阶在雪后还是湿漉漉的，于是全部用锯木屑铺上，人们的出入就一点也不受妨碍了。还有官府用的竹子，陶侃也命人把竹头全部收集起来，堆积如山。后来桓温伐蜀，要组装战船，这些竹头就都被用来制作钉子。又听说陶侃曾经征调当地的竹篙，有一位官员把竹子连根取下，用竹根部当作铁足，陶侃便破格提拔，给他连升两级。

扩展阅读

侃在州无事[①]，辄朝运百甓于斋外[②]，暮运于斋内。人问其故，答曰："吾方致力中原[③]，过尔优逸[④]，恐不堪事。"其励志勤力，皆此类也。

（《晋书》卷六六《陶侃传》）

【注释】

①州：指广州。陶侃曾经担任广州刺史。

②甓（pì）：砖。　斋：书房。

③致力中原：指为收复中原而努力，当时中原地区沦陷于五胡（北方的五个少数民族）之手。

④优逸：安逸。

【译文】

陶侃在广州时没有太多公事，他总是早晨将一百块砖搬运到书房外，晚上又搬回书房内。别人问他这是何缘故，他回答说："我目前正要为收复中原而努力奋斗，如果过分安逸，恐怕难以担当大事。"他坚持操守，勤奋工作，这样的事例有很多。

点评

陶侃将军虽然位极人臣，功名富贵集于一身，他仍然刻苦自励，勤奋工作，因为他时刻想着沦陷的中原，其精神品格非常令人敬佩。一个有志向的人，必须首先从小事做起，同时又能对自己严格要求，只有这样，才能实现自己的理想和抱负。古人说："千里之行，始于足下。"一点一滴的积累，对我们取得事业的成功是非常重要的。

成人之美

郑玄欲注《春秋传》[1]，尚未成，时行与服子慎遇[2]，宿客舍。先未相识，服在外车上与人说己注《传》意，玄听之良久，多与己同。玄就车与语曰："吾久欲注，尚未了[3]。听君向言[4]，多与吾同，今当尽以所注与君。"遂为《服氏注》[5]。

（《文学》）

【注释】

①郑玄（127～200）：字康成。东汉高密（今山东高密县西南）人。著名学者，今文经学家。《春秋传》：传述《春秋》的著作。《春秋》是我国最早的一部编年体史书，上古传《春秋》的有三家：《左传》《公羊传》和《谷梁传》。这里是指《左传》。

②服子慎：服虔，字子慎，东汉河南荥阳（今河南荥泽县）人。曾任九江太守。著名学者，今文经学家。
③了：结束，完成。
④向言：刚才所说的话。
⑤《服氏注》：指服虔所著《春秋左氏传解谊》一书。

【译文】

郑玄想要为《春秋传》作注，还没有完成。这时他有事外出，偶然与服子慎相遇，住在同一个旅店里。事先他们两人并不相识。服子慎在旅店外的车上和别人谈论自己注释《春秋传》的一些想法，郑玄听了很久，发现他的见解很多与自己有相同之处。郑玄走近车子对服子慎说："我早就想给《春秋传》作注，还没有完成。听您刚才的谈话，多数看法和我相同，现在应该把我已经完成的注释全部送给您。"《服氏注》就这样问世了。

扩展阅读

郑玄家奴婢皆读书[①]。尝使一婢，不称旨[②]，将挞之[③]，方自陈说，玄怒，使人曳著泥中[④]。须臾，复有一婢来，问曰："胡为乎泥中[⑤]？"答曰："薄言往愬，逢彼之怒[⑥]。"

（《文学》）

【注释】

①奴婢（bì）：奴仆和婢女（丫鬟）。
②称（chèn）旨：称心，如意。
③挞：打。
④曳（yè）：拉。
⑤"胡为"句：出自《诗经·邶风·式微》，意思是说怎么

会在泥水中。

⑥“薄言”句：出自《诗经·邶风·柏舟》。薄言，助词，无实义；愬，通“诉”，申诉。这句诗的意思是说，我去诉说，反而惹得他发怒。

【译文】

郑玄家的奴婢都读书。他曾经使唤一个婢女，该女做事不合他的心意，郑玄要打她。她仍然分辩，为自己开脱责任，郑玄非常生气，就叫人把她拖到泥里。不久，又有一个婢女走来，问她说：“怎么会在泥水中？”她答道：“我去诉说，反而惹得他发怒。”

点 评

学术是天下的公器，而非个人换取名利的工具。郑玄作为一代学术名家，虚怀若谷，将个人的学术成果转让给青年学者服虔，促使他完成了《春秋左氏传解谊》一书。这种对学术事业高度负责、牺牲自我的精神品格，千载之下，仍然熠熠闪光。郑玄家的奴婢都读书，这说明崇尚学术也是这位大学者的家风。两个丫鬟引用《诗经》彼此作答，也足以使人开颜解颐。

游侠自新

戴渊少时[①]，游侠不治行检[②]，尝在江淮间攻掠商旅[③]。陆机赴假还洛[④]，辎重甚盛[⑤]，渊使少年掠劫。渊在岸上，据胡床指麾左右[⑥]，皆得其宜。渊既神姿峰颖[⑦]，虽处鄙事[⑧]，神气犹异。机于船屋上遥谓之曰："卿才如此，亦复作劫邪?"渊便泣涕，投剑归机，辞厉非常[⑨]。机弥重之，定交，作笔荐焉[⑩]。过江，仕至征西将军。

（《自新》）

【注释】

①戴渊（260～332）：字若思，晋广陵（今江苏淮阴东南）人。仕至征西将军。

②游侠：不循规蹈矩，好呼朋引类、争强斗气、招惹是非的人。　行检：操行，品行。

③江淮：长江与淮河，泛指处于江淮流域的江苏、安徽地界。　商旅：行商和旅客。

④陆机（261～303）：字子衡，晋吴郡吴（今江苏苏州）人。著名文学家。曾任平原内史等职，人称"陆平原"。

⑤辎（zī）重：行李，行装。

⑥胡床：东汉后期由西域传入我国的一种坐具。可以折叠，可坐可卧，携带方便。　指麾：同"指挥"。

⑦峰颖：挺拔焕发的风采。

⑧鄙事：卑贱的为常人所鄙视的事。

⑨辞厉：辞对，谈吐。

⑩作笔荐焉：写信推荐。笔，无韵之文。陆机写的这篇文章题为《与赵王伦笺荐戴渊》，文词非常优美，见《陆机集》卷一一。

【译文】

戴渊年轻时，游侠于外，不顾品行，曾在长江、淮河之间袭击、洗劫商人和旅客。陆机度假后返回洛阳，随身携带的行李很多，戴渊指使一伙年轻人进行抢劫。他在江岸上，坐在胡床之中指挥手下的人，井井有条，滴水不漏。戴渊风姿挺拔，神采焕发。虽然干着卑贱的勾当，神态、气质仍然与众不同。陆机在船屋上远远对他说："你有这样杰出的才能，也干打劫之事吗？"戴渊当时就哭了，于是弃剑于地，归投陆机。他谈吐优雅，非同一般，陆机更加看重他，与之结为好友，并写信推荐他。过江以后，戴渊做官至征西将军。

扩展阅读

贾淑字子厚，林宗乡人也[①]。虽世有冠冕[②]，而性险害[③]，邑里患之[④]。……改过自厉，终成善士。乡里有忧患者，淑辄倾身营救[⑤]，为州间所称[⑥]。

（《后汉书》卷六八《郭林宗传》附《贾淑传》）

【注释】

①林宗：郭泰（127～169），字林宗，东汉太原介休（今山西介休县东南）人。著名清议家、学者。博通经典，居家教授，弟子至千人。在当时具有极高的声望。

②冠冕：这里代指做官的人。

③险害：阴险，恶毒。

④邑里：乡里。

⑤辄：总是。

⑥州闾：州郡，乡闾。

【译文】

贾淑字子厚，是郭林宗的同乡。虽然家里每代都有做官的人，可他性情阴险毒辣，所以乡里人都把他当成灾患。……后来他改过自厉，终于成为一个好人。乡里人有忧患之事，贾淑总是倾身营救，受到州郡和乡闾的称道。

点评

戴渊和贾淑都是犯过错误的青年人，后来改过自厉，成为善士，成为对国家和社会有用的人才。人皆有向善之心，所以对待犯过错误甚至严重错误的人也应该采取积极引导的态度，要宽容，做到既往不咎。在这里，最重要的是要善于发现“恶人”的良性因素。而那些一时误入歧途的人，只要认清自己的错误，就应改过自新，从而获得与其他人平等的人格尊严。

剪发待宾

陶公少有大志[①]，家酷贫，与母湛氏同居[②]。同郡范逵素知名[③]，举孝廉[④]，投侃宿。于时冰雪积日，侃室如悬磬[⑤]，而逵马仆甚多。侃母湛氏语侃曰："汝但出外留客，吾自为计[⑥]。"湛头发委地，下为二髲[⑦]，卖得数斛米[⑧]。斫诸屋柱[⑨]，悉割半为薪，剉诸荐[⑩]，以为马草。日夕，遂设精食[⑪]，从者皆无所乏。逵既叹其才辩，又深愧其厚意。明旦去，侃追送不已，且百里许。逵曰："路已远，君宜还。"侃犹不返。逵曰："卿可去矣。至洛阳，当相为美谈。"侃乃返。逵及洛，遂称之于羊晫、顾荣诸人[⑫]，大获美誉。

（《贤媛》）

【注释】

①陶公：即陶侃，他自幼丧父，勤苦自励，参见"竹头木屑"条注①。

②湛氏：陶侃之母，晋豫章新淦（gàn）人。

③范逵：晋鄱阳（今江西鄱阳县）人，举孝廉。

④孝廉：孝悌而廉洁，为古时朝廷考察选拔人才的科目。

⑤悬磬（qìng）：悬挂的磬。磬，乐器名，以玉、石或金属制成，中间的部分是空缺的。形容室内空无所有，如悬挂

的石磬一样。

⑥为计：想办法。

⑦髲（bì）：假发。

⑧斛（hú）：容量单位，十斗为一斛。

⑨斫（zhuó）：砍，削。

⑩剉（cuò）：铡碎。　荐：草垫子。

⑪设：摆设，置办。

⑫羊晫（zhuó）：东晋豫章（今江西南昌）人。曾任豫章国郎中令、十郡中正。　顾荣：参见“顾荣施炙”条注①。

【译文】

陶侃年轻时志向远大，家境非常贫寒，和母亲湛氏相依为命。同郡人范逵素来很有名望，被举荐为孝廉。一次，范逵到陶侃家投宿。当时，遍地冰雪，多日不消，陶侃家里空无一物，如同悬挂的磬一样，可是范逵车马仆从却很多。陶侃的母亲湛氏对陶侃说：“你只管到外面挽留客人，我独自想办法。”湛氏长发及地，她剪下来做成两条假发，卖得数斛米。又把屋子里的每根柱子都砍下一半做烧火柴，把草垫子都剁碎做喂马的草料。到了晚上，陶家便摆上了精美的饮食，随从的人也都不缺吃的。范逵既赞赏陶侃的智慧和口才，又对他待客的盛情深感惭愧。次日早晨范逵离开时，陶侃追送不已，将近一百余里。范逵说：“道路已经很远，您应该回家了。”陶侃还是不肯返回。范逵说：“您可以离开了。我到了洛阳，一定给您美言。”这样陶侃才回去。范逵到了洛阳，就在羊晫、顾荣等人面前称誉他，使他大获美誉。

扩展阅读

陶公少时作鱼梁吏[1]，尝以坩鲊饷母[2]。母封鲊付使，反书责侃曰："汝为吏，以官物见饷，非唯不益，乃增吾忧也。"

（《贤媛》）

【注释】

①鱼梁：一种捕鱼设施。陶侃在任寻阳县吏时，曾监管鱼梁。

②坩鲊（gānzhǎ）：坩，盛物的陶器；鲊，经过加工的鱼类制品，如腌鱼、糟鱼等。 饷：赠送食品。

【译文】

陶侃年轻时作监管鱼梁的小官，曾经送一罐腌鱼给母亲吃。母亲把腌鱼封好交给来人，并且回信批评陶侃说："你当官吏，却拿公家的东西给我吃，这不仅没有益处，反而增加了我的忧虑。"

点 评

在历史上，许多伟人的成长都与母亲的慈爱和教诲分不开。剪发待宾和封鲊教子这两个著名的故事足以说明这一点。陶母崇尚德义，头脑睿智，她以自己勤劳、智慧的伟大人格滋养了陶侃这样一位杰出的人物，在她的身上闪烁着中华传统美德耀眼的光辉，令人敬重，令人赞佩。

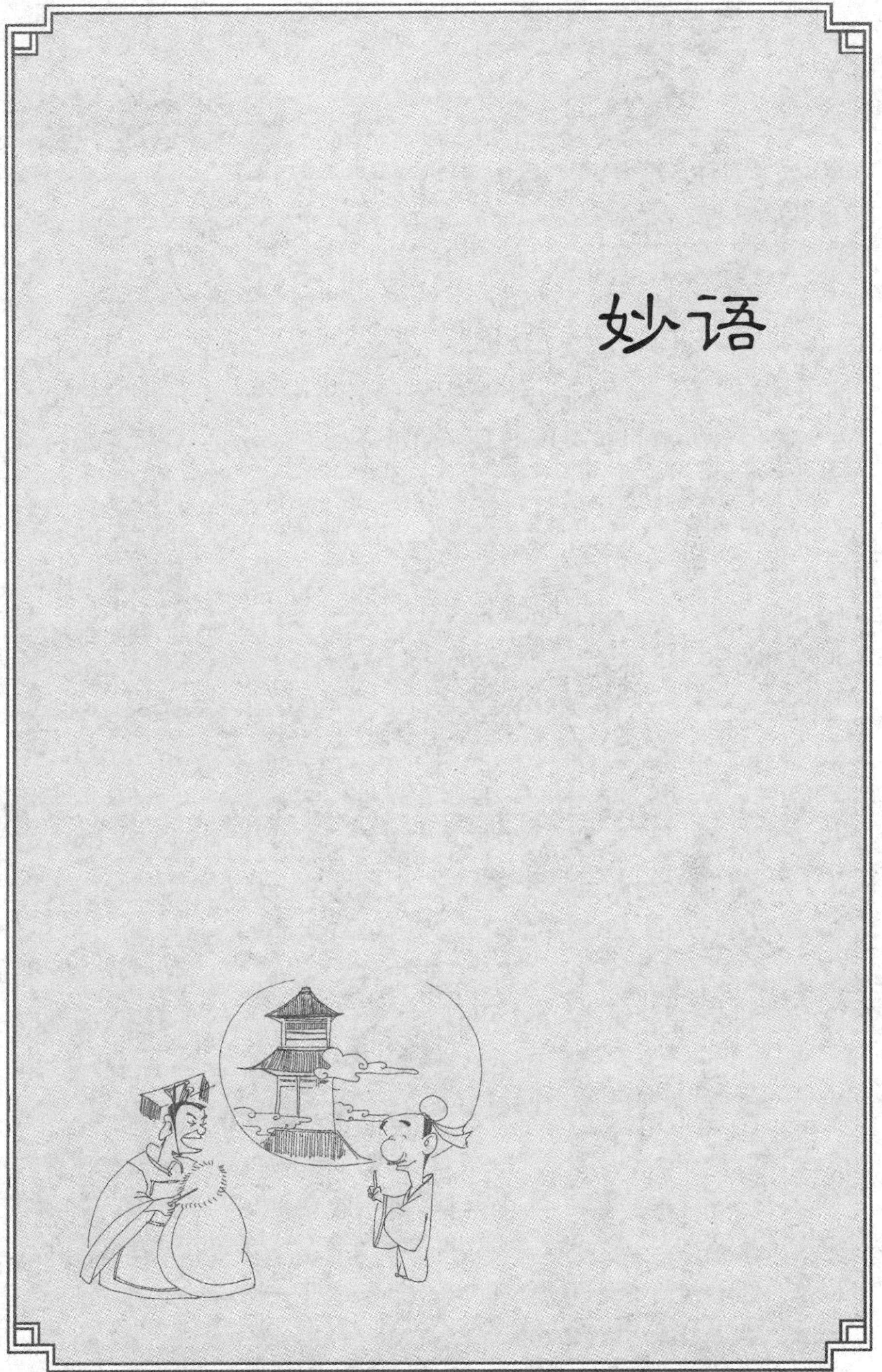

妙语

邓艾口吃

邓艾口吃①，语称“艾……艾……”②。晋文王戏之曰：“卿云‘艾……艾……’，定是几‘艾’③？”对曰：“‘凤兮凤兮’④，故是一凤。”

（《言语》）

【注释】

①邓艾（197～264）：字士载，三国时魏国棘阳（在今河南新野县东北）人。为人多智谋，善用兵。司马懿召为属官，伐蜀有功，封关内侯，后任镇西将军，又封邓侯。

②艾艾：古代和别人说话时，多自称名。邓艾因为口吃，自称时就不免连说“艾艾”。

③晋文王：即司马昭。昭封晋王，死后谥文王。

④凤兮凤兮：语出《论语·微子》。楚国的接舆走过孔子身旁时唱道："凤兮凤兮，何德之衰……"这是以凤比喻孔子。邓艾引用他的话，意在说明，虽然连说"凤兮凤兮"，也只是指一只凤，即孔子，而自己虽然常常连说"艾艾"，也只不过是一个"艾"罢了。因为邓艾只有一个，如同孔子也只有一个一样。接舆，参见本条"扩展阅读"注①。

【译文】

邓艾口吃，时常自称说"艾……艾……"。晋文王和他开玩笑说："你总说'艾……艾……'，究竟是几个'艾'？"邓艾回答说："'凤兮凤兮'，本来只是一只凤。"

扩展阅读

陆通者[①]，楚狂接舆也。好养性[②]，游诸名山，尝遇孔子而歌曰："凤兮凤兮，何德之衰[③]！往者不可谏[④]，来者犹可追[⑤]。"

（刘孝标注引《列仙传》）

【注释】

①陆通：字接舆（yú），传说为春秋时楚国隐士，佯狂避世。因其迎孔子的车而歌，故称接舆。"舆"的本意是指车。

②养性：养生。

③衰：衰败，衰颓。

④谏（jiàn）：更改。

⑤追：追赶，赶上。

【译文】

陆通就是楚国的狂人接舆。他喜欢养生，漫游各大名山。他曾经遇见孔子，唱道："凤啊凤啊，为什么道德如此之衰败！过去的已经不能更改，将来的还可攀追。"

点评

邓艾将军患有口吃，但这种生理上的缺陷并没有妨碍他富于智慧的个性表达。晋文王的问话本是调侃之意，而邓艾的答辞却富有哲理的情味。老子说："一生二，二生三，三生万物。""一"为物之始。"凤兮凤兮，故是一凤"，邓艾借用楚国狂人接舆的名言，巧妙地表达了这一哲学命题，同时也张扬了魏晋时代注重自我的个性精神。

太早太老

挚瞻曾作四郡太守、大将军户曹参军[①]，复出作内史[②]。年始二十九。尝别王敦[③]，敦谓瞻曰："卿年未三十，已为万石[④]，亦太蚤[⑤]。"瞻曰："方于将军少为太蚤[⑥]，比之甘罗已为太老[⑦]。"

（《言语》）

【注释】

①挚瞻：字景游。晋长安（今陕西长安县西北）人。西晋末，在王敦的大将军幕府中任户曹参军，历任安丰、新蔡、西阳等郡太守，后为随国内史。　户曹参军：官名。掌管民户、祭祀、农桑之事，或称为户曹掾（yuàn）。

②内史：官名。掌民政。晋时在王国中以内史掌太守之任。

③王敦（266～324）：字处仲。晋琅邪临沂（今山东临沂县）人。王导从兄。晋武帝女婿。历任侍中、大将军、江州牧等职。

④万石（dàn）：万石之俸禄，指高官。太守是两千石。挚瞻曾作四郡太守，现又作内史，共五郡，所以说万石。

⑤蚤：通"早"。

⑥方：相比。

⑦甘罗：战国时秦人，参见本条"扩展阅读"注①。

【译文】

挚瞻曾经做过四个郡的太守和大将军户曹参军，后来又调出去做内史，年龄才二十九岁。他曾去向王敦告别，王敦对他说："你还没到三十岁，已经做了五任两千石的官，也太早了吧。"挚瞻说："同将军您相比，稍为早了一些；同甘罗相比，已经是太晚了。"

扩展阅读

甘罗[①]，秦相茂之孙也。年十二，而秦相吕不韦欲使张唐相燕[②]，唐不肯行，甘罗说而行之。又请车五乘以使赵[③]，还报秦[④]。秦封甘罗为上卿[⑤]，赐以甘茂田宅。

（刘孝标注引《史记》）

【注释】

①甘罗：十二岁事奉秦相吕不韦。秦始皇欲扩大河间郡，受命出使赵国，游说赵王割让五座城池给秦国，以功封上卿。

②吕不韦（？～前235）：战国末年卫国濮阳（今河南濮阳西南）人。门下有宾客三千，家童万人。曾经命令宾客编撰《吕氏春秋》一书，汇集先秦各派学说。　相燕（yān）：到燕国出任宰相。

③乘：辆。

④报秦：向秦王汇报游说赵王成功之事。

⑤上卿：古官名。周制天子及诸侯皆有卿，分上中下三等，最尊敬者称"上卿"。

【译文】

甘罗是原秦国丞相甘茂的孙子。他十二岁时，当时的秦国丞相吕不韦想要派张唐出任燕国的丞相，张唐不肯去，甘罗劝说他使他终于成行。甘罗还向秦王请来五辆车出使赵国，在游说赵王成功之后，回国向秦王汇报。秦国封甘罗为上卿，又以田宅赏赐甘茂。

点评

一个人能否做大事，并不在于年龄的大小，而主要取决于能力的高低。挚瞻在不满三十岁时即出任万石高官和十二岁的甘罗为国家建功立业的事实，足以说明这一点。所以，对于年轻人来说，要有自信心，要注意培养自己的能力，要有敢作敢为的勇气。而从年长者的角度来讲，也应为年轻人提供崭露头角和发挥创造力的机会。

可贵之物

张天锡为凉州刺史①，称制西隅②。既为苻坚所禽③，用为侍中④。后于寿阳俱败⑤，至都⑥，为孝武所器⑦，每入言论，无不竟日。颇有嫉己者，于坐问张："北方何物可贵？"张曰："桑椹甘香⑧，鸱鸮革响⑨。淳酪养性⑩，人无嫉心。"

（《言语》）

【注释】

①张天锡：字纯嘏（jiǎ），小名独活。晋安定乌氏（今甘肃平凉县西北）人。东晋兴宁元年（363）杀张玄靓

(liàng)，自称凉州牧、西平公，实行地方割据，继承前凉政权。公元376年，苻（fú）坚攻凉州，张天锡投降，前凉亡。后来在淝水之战中苻坚军败，张天锡于阵中逃出，归顺晋朝，历任散骑常侍、侍中等职。　凉州：州名。西汉设置，辖境在今甘肃、宁夏和青海一带。

②称制：行使皇帝权力。　西隅：西部地区。

③苻坚（338～385）：字永固，一字文玉。略阳临渭（今甘肃天水）人。东晋升平元年（357）称大秦天王，继承前秦政权。公元383年苻坚举兵进攻东晋。东晋派谢石、谢玄率军与苻坚战于淝水，大败之，史称“淝水之战”。　禽：同“擒”。

④侍中：官名。常在皇帝左右，预闻朝政，为亲信贵重之职。

⑤寿阳：即寿春，晋县名。“淝水之战”的发生地。

⑥都：京城，指建康（今江苏南京）。

⑦孝武：东晋孝武帝司马曜，公元373～396年在位，庙号烈宗。

⑧桑椹（shèn）：即桑葚，桑树的果实。

⑨鸱鸮（chīxiāo）：鸟名，猫头鹰一类的动物。　革：鸟的翅膀。

⑩淳酪（lào）：醇厚的奶酪。

【译文】

张天锡任凉州刺史时，称王于西部地区。在被苻坚俘虏以后，他被任命为侍中。后来在寿阳县与苻坚率领的前秦军队一同被打败，来到京都后受到孝武帝的器重。他每次入朝与皇帝谈论，常常是一整天。当时妒忌他的人有很多，其中一个人在座中问他：“北方什么东西可贵？”张天锡回答说：“桑葚甘甜芳香，鸱鸮振翅作响；醇厚的奶酪滋养人的身体，而人们没有妒忌之心。”

扩展阅读

弼字辅嗣[①]，山阳高平人[②]。少而察惠[③]，十余岁，便好《庄》《老》[④]，通辩能言[⑤]……弼事功雅非所长[⑥]，益不留意[⑦]，颇以所长笑人，故为时士所嫉。

（刘孝标注引《弼别传》）

【注释】

①弼：王弼（226～249）。三国时魏国著名玄学家。著有《易注》《老子注》等书。为魏晋玄学的开创者之一。

②山阳高平：曹魏时属河内郡。在今河南焦作市北。

③察惠：明察事理。

④《庄》《老》：《庄子》和《老子》。

⑤通辩：善于辩论。

⑥事功：事物，活动。

⑦益：更加。

【译文】

王弼字辅嗣，山阳高平人。自幼便明察事理，十余岁，就喜欢《庄子》和《老子》，善于辩论，滔滔不绝……但在具体事物和社会活动方面，王弼特别不擅长，而他自己也更加不留意，同时他还常常以自己之所长来嘲笑他人之所短，所以被当时许多士人所嫉恨。

点　评

嫉妒他人是人性的弱点之一。被嫉妒者通常在某一方面有长处，或者得到了别人没有得到的好处。张天锡遭妒，主要是因为受皇帝器重，他有感于此，便将“人无嫉心”列入“可贵之物”

当中，其用意在于嘲讽那些嫉妒他的人。另一方面，在被嫉妒者当中有一种人，他们往往喜欢矜夸。这种个性也常常会招致嫉妒，著名学者、天才少年王弼就是这方面的典型。我们既不应该嫉妒他人，也要善于“藏善”“藏美”，不骄傲，不外露，不卑不亢。这是避免嫉妒的好办法。

吴牛喘月

满奋畏风[①]。在晋武帝坐[②]，北窗作琉璃屏[③]，实密似疏，奋有难色。帝笑之，奋答曰："臣犹吴牛[④]，见月而喘。"

（《言语》）

【注释】

①满奋：字武秋。西晋高平（今山东微山西北）人。曾任尚书令、司隶校尉。

②晋武帝：司马炎。为西晋王朝开国之君，在位26年(265~290)。庙号世祖。

③琉璃屏：玻璃窗扇。

④吴牛：吴地的牛，指江南一带的水牛。水牛怕热，太阳一晒就喘粗气。

【译文】

满奋害怕风。一次在晋武帝那里坐，北面的窗子是琉璃制作的，看似稀疏，但实际很严密，满奋面露难色。武帝笑他，满奋回答说："臣好比是吴地的牛，看见月亮，以为是太阳，就不免喘息起来了。"

扩展阅读

吴牛望见月则喘，使之苦于日，见月怖[①]，喘矣。

（北宋·李昉等编《太平御览》卷四引《风俗通》）

【注释】

①怖：恐惧，害怕。

【译文】

吴牛望见月亮就喘息不止，因为它深受日晒之苦，所以看见月亮也害怕，便不自觉地喘息起来。

点 评

在魏晋时代，人们在交往、应酬的过程中是非常重视言语、辞令的。满奋的比喻风趣幽默，而又说理透彻，恰到好处。他以吴牛见月的本能反应来比拟自己畏风的体质特点，十分形象、生动。这种比喻艺术是值得我们学习和借鉴的。

圣贤所出

蔡洪赴洛[①]，洛中人问曰："幕府初开[②]，群公辟命[③]，求英奇于仄陋[④]，采贤俊于岩穴[⑤]。君吴、楚之士[⑥]，亡国之余[⑦]，有何异才而应斯举？"蔡答曰："夜光之珠[⑧]，不必出于孟津之河[⑨]；盈握之璧[⑩]，不必采于昆仑之山。大禹生于东夷[⑪]，文王生于西羌[⑫]。圣贤所出，何必常处[⑬]。昔武王伐纣[⑭]，迁顽民于洛邑[⑮]，得无诸君是其苗裔乎[⑯]？"

（《言语》）

【注释】

①蔡洪：字叔开，吴郡（今江苏苏州）人。原在吴国做官，吴亡后入晋。西晋太康年间，由本州举荐为秀才，到京都洛阳。曾经担任过松滋令。

②幕府：原指将军的官署，这里指官府的衙署。

③群公：众公卿，朝廷的各位高级官员。　辟命：朝廷的征召、任命。

④仄陋：出身卑贱的人。

⑤岩穴：山洞，这里指隐居山中的高士。

⑥吴、楚：春秋时代的吴国和楚国，都在南方。这里泛指南方。

⑦亡国：灭亡了的国家，指吴国于公元280年为西晋所灭。

⑧夜光之珠：即夜明珠，是春秋时代隋国国君的宝珠，又叫隋侯珠，或称隋珠，传说是一条大蛇从江中衔来的。

⑨孟津：渡口名，在今河南省孟县南。

⑩璧：中间有孔的圆形玉器，是古代的一种珍宝。

⑪大禹：夏代第一个君主，传说其治平洪水，历时三十年，三过家门而不入。　东夷：我国东部的各少数民族。

⑫文王：周文王，姓姬，名昌。殷商末期周部落首领。初居岐山，为西方诸侯之长，称西伯。　西羌：我国西部的一个少数民族。

⑬常处：固定的地方。

⑭武王：周武王姬发，文王之子。率诸侯伐纣灭殷，建立周王朝。古人视之为贤君。周武王灭了殷纣以后，把殷的顽固人物迁到洛水边上，派周公修建洛邑安置他们。战国以后，洛邑改为洛阳。　纣（zhòu）：殷朝的最后一个国王。古人视之为暴君的典型。

⑮洛邑：今河南洛阳市。

⑯得无：莫非。表示揣测。　苗裔（yì）：后代。

【译文】

蔡洪奔赴洛阳后，洛阳的一些人问他："官府衙署设置不久，朝廷百官奉命征召人才，要在出身卑微的人中寻求才华出众之士，在山林隐士中选取贤人俊杰。您生为吴、楚之人，本来是亡国的遗民，有什么特殊的才能，敢来接受这一选拔？"蔡洪回答说："夜明珠不一定都出在孟津河中，满握的璧玉，也不一定都采自昆仑山上。大禹出生在东夷，周文王出生在西羌，圣贤的出现，为什么非要在某个固定的地方呢！当年周武王讨伐殷纣王，把殷代的顽民迁移到洛邑，莫非各位先生就是他们的后代吗？"

扩展阅读

王武子、孙子荆各言其土地人物之美[①]。王云："其地坦而平，其水淡而清，其人廉且贞。"孙云："其山嶵巍以嵯峨[②]，其水泙渫而扬波[③]，其人磊砢而英多[④]。"

（《言语》）

【注释】

①王武子：王济（240？~285？），字武子，晋太原晋阳（今山西太原市）人。历任中书郎、太仆等职。　孙子荆：孙楚（？~294），字子荆，晋初太原中都（今山西平遥县）人。仕至冯翊（píngyì）太守。

②嶵（zuì）巍：同"崔巍"，山势险峻的样子。　嵯峨（cuó'é）：形容山势高峻。

③泙渫（xiáxiè）：波浪重叠相连的样子。

④磊砢（lěiluǒ）：树木多节的样子，形容人才卓越而众多。　英多：杰出众多。

【译文】

王武子和孙子荆各自谈论自己家乡土地与人物的美好。王说："我们家乡的土地坦而平，我们家乡的水淡而清，我们家乡的人廉洁而又正直。"孙说："我们家乡的山险峻巍峨，我们家乡的水浩荡扬波，我们家乡的人才杰出而众多。"

点评

在六朝时期，世族文化高度发展，而一般世家大族的内部成员都具有比较浓郁的乡土意识，当时的人都重视地望，即今日所谓籍贯问题。以上两则故事就鲜明地反映了这一时代特点。质问蔡洪的洛阳人实际上对南方人是心存偏见的，蔡洪的答辞非常美妙：他先以珠、璧之产地作比，随后又举出生于偏远之地的圣贤，至此，问者已经不容置喙。随后他又反戈一击，指斥发问之人是殷纣顽民的孑遗。其咄咄逼人的声势，真有战国纵横家的气派。“夜光之珠，不必出于孟津之河；盈握之璧，不必采于昆仑之山。”这两个警句深刻地揭示了人间事理，能够点燃读者心灵的火种，把平凡的生活现象提到理性的高度来思考。后一则故事则洋溢着富丽的词藻、绚丽的文彩和奇幻的情思。作者选择“山”“水”“地”“人”这些典型的事物构成排比，优美的文辞、流畅的文势、和谐的声韵，表达了主人公热爱家乡的美好感情，足以震撼人心，引发共鸣。

资质不同

顾悦与简文同年①，而发蚤白。简文曰："卿何以先白？"对曰："蒲柳之姿②，望秋而落；松柏之质，经霜弥茂。"

（《言语》）

【注释】

①顾悦：字君叔。晋晋陵（治所在今江苏武进县）人。曾任尚书左丞等职。　简文：即晋简文帝司马昱。公元 371 ~ 372 年在位，庙号太宗。

②蒲（pú）柳：植物名，即水杨。　姿：通"资"，资质。

【译文】

顾悦和简文帝同岁，但头发早已白了。简文帝问他：

“为什么你的头发比我的先白呢?”顾悦回答说:“蒲柳的资质，临近秋天就凋零了；松柏的资质，经过秋霜反而更加茂盛。”

扩展阅读

蒲柳之资，不可以经严秋[①]；蔓苇之草，不可以逆怒风[②]。当危乱之世，欲建非常之事，故非常才之所能胜[③]。

(宋·李焘《六朝通鉴博议》卷九“上伐东魏欲以鄱阳王范为元帅正阳侯渊明请行许之”条)

【注释】

①严：肃杀，寒冷。

②逆：迎接。

③常才：平庸之才。

【译文】

蒲柳的资质，难以经受肃杀的秋天；蔓苇一类的草，不能够迎接狂风。生值险恶、动乱的时代，要建立非常的事业，本来就不是平庸之才所能胜任的。

点 评

人的资质、禀赋是有差异的，由此而导致了人生的许多不同。顾悦善于以形象、生动的比喻来说明问题，诗一般的语言极富有哲理的情思。而宋代学者李焘袭用顾悦的语言，以说明处在“危乱之世”当中非常之才的重要性，也是很有新意的。

松下清风

刘尹云[①]："人想王荆产佳[②]，此想长松下当有清风耳！"

（《言语》）

【注释】

①刘尹：即刘惔，字真长。晋沛国相（今安徽宿县一带）人。为人清高，卓尔不群。好《老》《庄》，善言理。曾为丹阳尹，故人称"刘尹"。

②王荆产：即王徽（？～312?），字幼仁，小名荆产，晋琅邪临沂（今山东临沂）人。曾任右军司马等职。

【译文】

刘尹说："人们想象王荆产这个人的美好，这不过是想象在高大的松树下一定会有清风而已。"

扩展阅读

王长史与刘真长别后相见[①]，王谓刘曰："卿更长进。"答曰："此若天之自高耳[②]。"

（《言语》）

【注释】

①王长史：即王濛（309？～347？），晋太原晋阳（今山西太原）人。曾任司徒左长史等职。

②若：像。

【译文】

王长史和刘真长两人别后重逢，王对刘说："你更长进了。"刘真长答道："这就好像天空那样，本来就是高远的！"

点评

以长松下的清风比喻人的自然美质，取喻极为新颖、独到，而"此若天之自高耳"，则是这一比喻的同义翻版。刘真长本是清谈家，所以善于言辞，出语不俗，富于智慧。

穷猿奔林

李弘度常叹不被遇[①]，殷扬州知其家贫[②]，问："君能屈志百里不[③]？"李答曰："《北门》之叹[④]，久已上闻；穷猿奔林，岂暇择木？"遂授剡县。

（《言语》）

【注释】

①李弘度：李充，字弘度，晋江夏（今河南信阳东北一带）人。著名学者。历任剡县县令等职。　遇：重用。

②殷扬州：殷浩（？~356），字渊源，晋东郡长平（今河南西华县东北）人。官至扬州刺史、中军将军。著名清谈家、学者。

③屈志：降低心愿。　百里：方圆百里的地方，也就是一个县。

④《北门》：《诗经·国风》中的一首诗。诗中描写一个小官吏慨叹自己位卑多劳、生活贫困的苦况。参见本条"扩展阅读"。

【译文】

李弘度经常慨叹自己得不到被提拔的机会。殷扬州得知他家境贫困，就问他："您能否屈就县令之职？"李弘度回答说："《北门》中的慨叹之音，您早就听到了；我现在如同无路可走的猿猴奔窜于山林之间，哪里还能顾得上去挑选栖居的树木！”殷扬州于是就委任他做剡县县令。

扩展阅读

出自北门，忧心殷殷[①]。终窭且贫[②]，莫知我艰[③]。已焉哉！天实为之，谓之何哉！

（《诗经·邶风·北门》）

【注释】

①殷殷：忧心忡忡的样子。

②窭（jù）：贫寒。

③艰：艰辛，艰难。

【译文】

从北门出行，我忧心忡忡。我既贫又穷，却无人知我艰辛。算了吧！老天让我如此，再说又有何用！

点评

比喻是一种重要的修辞手法。善于运用比喻，能够将人们所熟知的平凡的事物说得不平凡，说得有趣。李弘度以“穷猿奔林”比喻因贫寒而饥不择食的困境，幽默风趣，令人同情。同时，他又化用了《诗经·北门》的诗意，显得含蓄典雅，意味深长。这种语言表达技巧值得我们学习。

芝兰玉树

谢太傅问诸子侄[1]："子弟亦何预人事[2]，而正欲使其佳[3]?"诸人莫有言者，车骑答曰[4]："譬如芝兰玉树[5]，欲使其生于阶庭耳。"

（《言语》）

【注释】

①谢太傅：即谢安，参见"阿奴劝兄"条注③。
②预：参与，干涉。这里可理解为相关。
③正：只。
④车骑：指车骑将军谢玄。
⑤芝兰玉树：芝兰，香草名；玉树，传说中的仙树。

【译文】

谢太傅问众子侄说："孩子们与我们自己的事有何相关，却总是想使他们出类拔萃?"大家都不说话。车骑将军谢玄回答说："这就好像芝兰玉树，人们总想使它们生长在自家的庭院当中罢了!"

扩展阅读

庾文康亡[1]，何扬州临葬云[2]："埋玉树著土中，使人情何能已已!"

（《伤逝》）

【注释】

①庾文康：即庾亮，参见“割席分坐”条“扩展阅读”注③。

②何扬州：即何充（292～340），字次道，晋庐江（今安徽霍山县东北）人。历任骠骑将军、扬州刺史、侍中和宰相等职。 临葬：参加葬礼。

【译文】

庾文康死了，何扬州前往参加葬礼，叹息道：“把玉树埋葬在土中，怎么能够让人的心绪平静下来呢！”

点 评

魏晋世族非常重视对子弟的培养。“芝兰玉树”决定着家族的未来，所以对子孙后代的培育不可忽视。谢玄的话正反映了世家大族的家长们对子弟成长的殷切期望。庾文康的不幸去世，意味着国家失去了一个优秀的人才，何扬州为此而痛惜不已，万分伤感。在这里，芝兰和玉树都被用来比喻优秀的、出色的人才。

稚恭上扇

庾稚恭为荆州[①]，以毛扇上武帝[②]，武帝疑是故物。侍中刘劭曰[③]：“柏梁云构[④]，工匠先居其下；管弦繁奏[⑤]，钟、夔先听其音[⑥]。稚恭上扇，以好不以新。”庾后闻之，曰：“此人宜在帝左右！”

（《言语》）

【注释】

①庾稚（zhì）恭：庾翼（305～345），字稚恭。晋颍川鄢陵（今河南鄢陵）人。历任安西将军、荆州刺史等职。

②武帝：即司马炎，参见“吴牛喘月”条注②。

③刘劭（shào）：字彦祖。晋彭城（今江苏徐州）人。书法家、学者。历任侍中、尚书等职。

④柏梁云构：柏梁台，汉武帝刘彻（前156～前87）所筑，在长安城；云构，高耸入云的大厦。

⑤管弦：管，管类乐器；弦，弦类乐器。这里指乐队。

⑥钟：钟子期，春秋时楚国人。精于音乐鉴赏。

夔（kuí）：舜帝时的乐官。

【译文】

庾稚恭担任荆州刺史时，曾经给晋武帝进献了一柄羽毛扇，但武帝怀疑是旧东西。侍中刘劭说：“柏梁台那样高耸入云的大厦，工匠们首先在里面居住；管弦繁奏，也是乐师们最先赏听音乐。稚恭进献扇子，是因为它好，而不是因为它新。”庾稚恭后来听说了这件事，说：“这个人应该在皇帝身边。”

扩展阅读

庾法畅造庾太尉[①]，握麈尾至佳[②]。公曰：“此至佳，那得在？”法畅曰：“廉者不求，贪者不与，故得在耳。”

（《言语》）

【注释】

①庾法畅：当作“康法畅”，东晋名僧。 庾太尉：即庾亮，参见“割席分坐”条“扩展阅读”注③。

②麈（zhǔ）尾：魏晋清谈名士的一种用具。用麋鹿的尾毛制成，形状像羽扇，兼有拂尘的功能。在清谈的过程中，一般做主讲人的清谈家要手持麈尾。

【译文】

庾（康）法畅拜访庾太尉，手里握着的麈尾极好。庾公问道："这柄麈尾非常好，您怎么还能留得住呢？"法畅说："廉洁的人不会向我要，贪心的人我也不会给，所以能留存至今。"

点评

魏晋时代的清谈玄学滋养了人们哲理的情思。当时的士人每每以通明豁达的眼光来观察人生和世界，心目之所及，常常发为妙语，为后世留下一段佳话。侍中刘劭的妙语，将我们日常生活中常见的现象上升到了哲理的高度来观察，深刻、透辟，令人信服。而康法畅以寥寥八个字阐释佳物得在的原因，言约旨远，令人深味。

善人恶人

殷中军问[①]："自然无心于禀受[②]，何以正善人少[③]，恶人多?"诸人莫有言者。刘尹答曰[④]："譬如写水著地[⑤]，正自纵横流漫[⑥]，略无正方圆者。"一时绝叹[⑦]，以为名通[⑧]。

（《文学》）

【注释】

①殷中军：即殷浩，参见"穷猿奔林"条注②。

②禀受：承受，这里指人的自然天性。

③正：正好，恰好。

④刘尹：即刘惔，参见"松下清风"条注①。

⑤写：通"泻"，倾泻。

⑥正自：只是。

⑦绝叹：非常赞赏。

⑧名通：名论，名言。

【译文】

殷中军问道："大自然赋予人类以各自不同的天性，本来是无心的，可为什么偏偏好人少，坏人多?"各位名士无人回答。刘尹回答道："这好比把水倾泻在地上，水只是四处漫流，极少有形成方形或者圆形的。"一时之间，人们对此赞赏不已，把他说的话当成了名言。

扩展阅读

许掾年少时[①]，人以比王苟子[②]，许大不平。时诸人士及于法师并在会稽西寺讲[③]，王亦在焉。许意甚忿，便往西寺与王论理，共决优劣，苦相折挫，王遂大屈[④]。许复执王理，王执许理，更相覆疏[⑤]，王复屈。许谓支法师曰："弟子向语何似[⑥]？"支从容曰："君语佳则佳矣，何至相苦邪？岂是求理中之谈哉[⑦]？"

（《文学》）

【注释】

①许掾（yuàn）：许询，字玄度，东晋高阳（今河北高阳县东）人。曾任司徒掾，故人称"许掾"。著名诗人、清谈家。

②王苟子：王脩（335？~358？），字敬仁，小名苟子，晋太原晋阳（今山西太原）人。曾任著作郎等职。

③于法师：这里应当是"支法师"，"于"字误。与下文的"支法师"，同指支遁，参见"支公纵鹤"条注①。法师是对和尚的尊称。　会稽西寺：会稽，郡名，晋时治所在山阴（今浙江绍兴）；西寺，东晋会稽佛寺名，即光相寺，在会稽城西。

④大屈：大败。

⑤覆疏：反复论辩、说明。

⑥向语：刚才说的话。

⑦理中：得理之中，中指折中至当。

【译文】

许掾少年时，人们将他和王苟子相提并论，许大为不平。当时许多名士都和支道林法师一同在会稽西寺讲论，王苟子也在那里。许心里非常生气，便到西寺去和王苟子辩论玄理，一决雌雄。二人都极力想折服挫败对方，结果王苟子大败。随后许又反过来用王的观点，王用许的观点，再次反复陈述，王苟子又被说败。许便去问支法师："弟子刚才的言论如何？"支法师从容地说："你讲的话好是好，但是何至于互相刁难呢？这哪里是探求真理的玄谈啊！"

点 评

对于真理的探求，不仅是魏晋清谈的目的，同时也应当是一切学术活动的旨归。殷中军之观点惬服人心，被视为名言，其原因在于其观点本身的精警与深刻。而许掾和王苟子的论辩，则纯然是以意气求胜，其目的不在研讨真理，而在于唇齿相争，这实际上是诡辩。诡辩对真理的阐扬是无益的。

桑榆之光

远公在庐山中①，虽老，讲论不辍②。弟子中或有堕者③，远公曰："桑榆之光④，理无远照，但愿朝阳之晖，与时并明耳。"执经登坐，讽诵朗畅⑤，词色甚苦⑥。高足之徒⑦，皆肃然增敬。

（《规箴》）

【注释】

①远公：释惠远（334～417），东晋时代的高僧，庐山东林寺住持。

②辍（chuò）：停止。

③堕：通"惰"，懒惰。

④桑榆之光：照在桑树、榆树上的落日余晖，比喻人生的暮年晚景。

⑤讽诵：吟诵。

⑥词色：同"辞色"，言辞和表情。　苦：热切，急切。

⑦高足之徒：弟子。

【译文】

远公身在庐山中，虽然年老，仍然不停地讲论佛经。弟子中有人惰于学习，远公就说："我如黄昏时的落日余晖，自然不会照得久远了，只愿你们像早晨的阳光，越来越明亮！"于是他拿着佛经，登上讲坛，诵经之声高朗流畅，他的言辞和神态流溢着热切之情。弟子们不禁更加肃然起敬了。

扩展阅读

晋平公谓师旷曰[①]："吾年七十七，欲学，恐年老矣。"对曰："何不秉烛乎[②]？"公以为戏己，怒之，对曰："盲者安敢戏君！少而学之，如初出之阳；壮而好学，如日中之光；老而好学，如秉烛之明。孰与昧行[③]？"公然之。

（《朝鲜史略》卷一二《高丽纪》）

【注释】

①晋平公：春秋时代晋国的国君。　师旷：春秋时代晋国的盲人乐师。

②秉：执，持。

③昧行：在黑暗中行走。

【译文】

晋平公对师旷说："我已经七十七岁了，想要学习，恐怕年纪太大了。"师旷回答说："为何不手执蜡烛往前走呢？"晋平公以为师旷在戏弄自己，对他非常恼火，师旷又回答说："盲人岂敢戏弄君主！人在青年时代好学，如同刚刚出来的太阳；在壮年时代好学，如同中午的阳光；在老年时代好学，如同手执蜡烛发出的光明。与在黑暗中行走相比，哪个更好？"晋平公认为他说得对。

点 评

俗话说：活到老，学到老，学到八十不为巧。学习应该是一生的事，在学习的道路上是永远不应停止的。只要学习，就会有所收益。远公在庐山讲论佛经，至老而不倦，令人感动；师旷对晋平公阐述秉烛之明的深刻道理，更发人深思。好学的人，永远与光明相伴。而年轻人更应让自己的朝阳之晖，与时并明！

咄咄逼人

桓南郡与殷荆州语次[①]，因共作了语[②]。顾恺之曰[③]："火烧平原无遗燎[④]。"桓曰："白布缠棺竖旒旐[⑤]。"殷曰："投鱼深渊放飞鸟。"次复作危语[⑥]。桓曰："矛头淅米剑头炊[⑦]。"殷曰："百岁老翁攀枯枝。"顾曰："井上辘轳卧婴儿[⑧]。"殷有一参军在坐[⑨]，云："盲人骑瞎马，夜半临深池。"殷曰："咄咄逼人[⑩]！"仲堪眇目故也[⑪]。

（《排调》）

【注释】

①桓南郡：即桓玄，参见"二吴之哭"条"扩展阅读"注③。殷荆州：即殷仲堪，参见"士人之常"条注①。 语次：谈话之间。

②了语：一种语言游戏，要求句末一字与"了"同韵，而且每句话要有"了"的意思（完结、终了）。

③顾恺之（约346～407）：字长康，小字虎头。晋晋陵无锡（今江苏无锡）人。著名画家、文学家。时传顾恺之有三绝：才绝，画绝，痴绝。

④遗燎（liáo）：燃烧后的余烬。

⑤旒旐（liúzhào）：出殡时在灵柩前引路的幡旗。

⑥危语：一种语言游戏，陈述危险之事而每句末字须与"危"字同韵的话。

⑦淅米：淘米。

⑧辘轳（lùlú）：滑轮，安装在井上汲水的起重装置。

⑨参军：官名。

⑩咄（duō）咄：叹词，表示吆喝、惊叹或恼怒等感情。

⑪眇（miǎo）目：偏盲，一只眼瞎。

【译文】

桓南郡和殷荆州谈话，一同说"了语"。顾恺之说："火烧平原无遗燎。"桓南郡说："白布缠棺竖旒旐。"殷荆州说："投鱼深渊放飞鸟。"随后又说"危语"。桓南郡说："矛头淅米剑头炊。"殷荆州说："百岁老翁攀枯枝。"顾恺之说："井上辘轳卧婴儿。"殷荆州有一位参军在座，说道："盲人骑瞎马，夜半临深池。"殷荆州说："真是咄咄逼人！"因为殷仲堪瞎了一只眼睛。

扩展阅读

顾长康拜桓宣武墓[①]，作诗云："山崩溟海竭，鱼鸟将何依！"人问之曰："卿凭重桓乃尔[②]，哭之状其可见乎？"顾曰："鼻如广莫长风[③]，眼如悬河决溜[④]。"或曰："声如震雷破山，泪如倾河注海。"

（《言语》）

【注释】

①顾长康：即顾恺之。

②凭重：倚重。　乃尔：如此，这样。

③广莫长风：广莫风，古人所谓八风之一，即北风。

④决溜：河堤决口。

【译文】

顾长康凭吊桓宣武墓，作诗说："山崩溟海竭，鱼鸟将何依！"别人问他说："你既然如此看重桓宣武，那么你为之哭泣的情状又如何呢？"顾长康说："我的鼻子就像广莫长风，我的眼睛如同悬河决口。"这两句话有的人是这样写的："声音如同震雷破山，泪水就像倾河注海。"

点评

魏晋时代，清谈发达，玄风昌盛，所以当时的知识分子多喜欢在一起聚谈。他们不仅探究天人之际一类艰深的学术问题，也常常寄情于言语游戏，在轻松幽默的氛围中展现自己的睿智与超拔。本篇诸名士所讲的"了语"和"危语"即出现在这种文化背景之中。大火的消逝，生命的泯灭，鱼鸟的沉飞，都生动地表现了"了"的情境；而随后的三句"危语"，虽然合于"危"的情境，却几近于荒诞，而使人难以惬心。正在此时，那位参军先生忽然吐出"盲人骑瞎马，夜半临深池"十字，令人惊喜莫名，刮目相看。"人骑马"是一"危"，"人骑瞎马"是二"危"，"盲人骑瞎马"是三"危"，"盲人骑瞎马"于"夜半"是四"危"，"盲人骑瞎马"于"夜半临池"是五"危"，而"临深池"则是六"危"。有此六"危"，"危"意已足，"危"的情景可谓形容尽至，所以，眇目的殷仲堪不禁惊呼"咄咄逼人"了！而大艺术家顾恺之凭吊桓宣武墓，也极尽其夸张之能事，其所言也是"了语""危语"式的"大言"，然而辞藻优美、气势雄浑，也颇有令人涵咏的审美价值。

刻画无盐

庾元规语周伯仁①："诸人皆以君方乐②。"周曰："何乐？谓乐毅邪③？"庾曰："不尔，乐令耳④。"周曰："何乃刻画无盐⑤，以唐突西子也⑥？"

（《轻诋》）

【注释】

①庾元规：即庾亮，参见"割席分坐"条"扩展阅读"注③。周伯仁：即周顗（269～322），字伯仁。少有重名，神姿秀彻。

②方：比。

③乐毅：灵寿（今河北灵寿西北）人。战国时燕国名将，著名军事家。曾任上将军，战功卓著，地位显赫。

④乐令：即乐广（？～304），字彦辅，晋南阿淯阳（今河南白河之北）人。曾为尚书令，故人称"乐令"。

⑤无盐：即钟离春。传为战国齐国无盐邑（今山东东平县东）的丑女。自诣齐宣王陈析时弊，被齐宣王纳为王后。后世多用为丑女之代称。

⑥唐突：冲突，冒犯。 西子：即西施，传为春秋时期越国的美女。后世以她为美女之代称。

【译文】

庾元规对周伯仁说："大家都拿你和姓乐的相比。"周伯仁说："哪个姓乐的？是说乐毅吗？"庾元规说："不是乐毅，不过是乐令而已。"周伯仁说："怎么能描绘无盐，以冒犯西施呢？"

扩展阅读

桓南郡每见人不快[①]，辄嗔云[②]："君得哀家梨[③]，当复不烝食不[④]？"

（《轻诋》）

【注释】

①桓南郡：即桓玄，参见"二吴之哭"条"扩展阅读"注③。不快：办事拖拉，能力低下。

②嗔：发怒。

③哀家梨：六朝时秣陵哀家出产的梨，味道极美，入口消释。

④烝：同"蒸"。

【译文】

桓南郡每见到别人办事拖拉，就生气地说："您得到哀家梨，该不会拿来蒸着吃吧？"

点 评

刻画无盐，以唐突西子，乃是不辨美丑；而哀梨蒸食，则是不辨滋味。聪明人各有各的聪明，而愚蠢之人的表现往往都差不多。

会心之处

简文入华林园[1]，顾谓左右曰："会心处不必在远[2]。翳然林水[3]，便自有濠、濮间想也[4]，觉鸟兽禽鱼自来亲人。"

（《言语》）

【注释】

①简文：参见"资质不同"条注①。　华林园：宫苑名，在江苏南京市鸡鸣山南古台城内，为三国时东吴所建。

②会心处：使人有所领悟、感到惬意的地方。

③翳（yì）然：阴蔽的样子。

④濠（háo）、濮（pú）：即濠水、濮水。参见本条"扩展阅读"。据《庄子·秋水》，庄子在濮水钓鱼，楚威王派大夫去请他出来做宰相，庄子表示宁可做一只在污泥中爬的活龟，也不愿做一只保存在宗庙里的死龟。后人以"濠濮"指称高人闲游之所。

【译文】

简文帝进入华林园，回头对随从说："有所领会的地方不一定在远处，林阴蔽日，山水掩映，就自然会产生身处濠梁、濮水间的情趣和韵味，觉得鸟兽禽鱼主动来亲近人。"

扩展阅读

庄子与惠子游濠梁水上[①]。庄子曰："鲦鱼出游从容，是鱼乐也[②]。"惠子曰："子非鱼[③]，安知鱼之乐邪？"庄子曰："子非我，安知我之不知鱼之乐也？"

（刘孝标注引《庄子·秋水》）

【注释】

①庄子：参见"齐由齐庄"条注④。 惠子：即惠施。战国时蒙人。名家代表人物之一。主张"合同异"，认为一切事物的差别、对立都是相对的。著有《惠子》一书。

②鲦（tiáo）鱼：鱼名，又称白鲦。

③子：你。

【译文】

庄子与惠子一同在濠梁水上游玩。庄子说："鲦鱼从容地出来游动，这是鱼儿感觉快乐呀！"惠子说："你不是鱼，怎么知道鱼儿快乐呢？"庄子说："你不是我，怎么知道我不知道鱼儿快乐呢？"

点 评

人与自然的关系是文学艺术的永恒主题。文学艺术家从自然山水中不仅能够发现美，而且能够感悟到深刻的哲理。大自然是美好动人的，一切自然之物皆属有情。简文入华林园，感觉到鸟兽禽鱼自来亲人，庄子面对往来游动的鱼儿，也感受到了鱼儿的快乐。可见人与自然是相通的。人类应该关爱自然，保护自然！

印渚风光

王司州至吴兴印渚中看[①]，叹曰："非唯使人情开涤[②]，亦觉日月清朗。"

(《言语》)

【注释】

①王司州：王胡之（？~349?），字脩龄，晋琅邪临沂（今山东临沂）人。曾任吴兴太守等职。　吴兴：郡名，晋时属扬州。　印渚（zhǔ）：地名，在吴兴郡于潜县。渚旁的白石山是水流汇集之处。

②非唯：不仅。　开涤：（胸襟）开阔，（情感）净化。

【译文】

王司州到吴兴郡的印渚去观赏景致，感叹道："不仅能让人心情开朗，情感纯净，也让人觉得日月更加清澈、明朗。"

扩展阅读

袁彦伯为谢安南司马[①]，都下诸人送至濑乡[②]。将别，既自凄惘[③]，叹曰："江山辽落[④]，居然有万里之势！"

(《言语》)

【注释】

①袁彦伯：袁宏（328～376），字彦伯，小字虎，晋陈郡阳夏（今河南太康县）人。少孤贫，有逸才，文章绝美。著名文学家和史学家。 谢安南：即谢奉，字弘道，东晋会稽山阴（今浙江绍兴）人。历任安南将军、广州刺史等职。 司马：官名，将军府的属官。

②濑（lài）乡：古地名，在今江苏溧阳县境内。

③凄惘（wǎng）：伤感忧愁。

④辽落：辽阔。

【译文】

袁彦伯出任谢安南的司马，京都的僚属将他一直送到濑乡。临别之际，他已经不胜伤感忧愁之情，慨叹道："江山辽阔，居然有万里的气势！"

点评

人眼中的自然，往往因心境的不同而不同：愉悦时，山水含笑；悲伤时，草木萦愁。人化了的自然，无不带有人的情感色彩。王司州与袁彦伯面对大自然所抒发的慨叹，正反映了人与自然的这种关系。晋人欣赏山水的审美意识已经十分自觉，故其所咏所叹无不带有自我之特征。

云兴霞蔚

顾长康从会稽还[①]，人问山川之美，顾云："千岩竞秀[②]，万壑争流[③]，草木蒙笼其上[④]，若云兴霞蔚[⑤]。"

（《言语》）

【注释】

①会稽：郡名，参见"士人之常"条"扩展阅读"注①。

②岩：高峻的山峰。

③壑（hè）：水沟。
④蒙笼：茂密覆盖的样子。
⑤云兴霞蔚：彩云兴起，形容绚丽多彩。蔚，兴起。

【译文】

顾长康从会稽归来，人们问他那里山水的美丽情状，顾长康说："千峰竞相比高，万壑争先奔流，茂密的草木笼罩其上，犹如彩云涌动，霞光灿烂。"

扩展阅读

王子敬云[①]："从山阴道上行[②]，山川自相映发[③]，使人应接不暇。若秋冬之际，尤难为怀[④]。"

（《言语》）

【注释】

①王子敬：即王献之（344～388），字子敬，晋琅邪临沂（今山东临沂）人。王羲之子。著名书法家。历任秘书郎、尚书令等职。
②山阴：会稽郡山阴县（今浙江绍兴）。
③映发：互相映衬，彼此显现。
④为怀：忘怀，忘记。

【译文】

王子敬说："从山阴道上走过时，一路上山光水色交映生辉，使人应接不暇。如果是秋冬之交，尤其让人难以忘怀。"

点评

“竞”“争”本是人的动作，顾恺之用以摹状山水，便注入了人的精神。梁元帝《金楼子》卷四《立言篇九上》：“捣衣清而彻，有悲人者，此是秋士悲于心，捣衣感于外，内外相感，愁情结悲，然后哀怨生焉。苟无感，何嗟何怨也!”而德国古典哲学家黑格尔在论述自然美时也指出：“……自然美还由于感发心情和契合心情而得到一种特性。例如寂静的月夜，平静的山谷，其中有小溪蜿蜒地流着，一望无边波涛汹涌的海洋的雄美气象，以及星空的肃穆而庄严的气象就是属于这一类。这里的意蕴并不属于对象本身，而是在于所唤醒的心情。”(《美学》第1卷）面对会稽的山山水水，面对山阴道上的自然美景，顾恺之和王献之的“心情”被“唤醒”了。“内外相感”，于是各自说出了一段传诵千古的妙语。

天月风景

司马太傅斋中夜坐①，于时天月明净，都无纤翳②，太傅叹以为佳。谢景重在坐③，答曰："意谓乃不如微云点缀。"太傅因戏谢曰："卿居心不净，乃复强欲滓秽太清邪④！"

（《言语》）

【注释】

①司马太傅：即司马道子（364～402），晋简文帝子，封会稽王，任太傅。　斋：书房。

②纤翳：纤细、细微的遮蔽，指云彩。

③谢景重：即谢重，字景重，晋陈郡阳夏（今河南太康县）人。曾在司马道子手下任长史。

④乃复：还要。　滓秽（zǐhuì）：污秽，玷污。　太清：天空。

【译文】

司马太傅在书房夜坐，这时天空明朗，月光皎洁，一丝微云也没有，太傅赞叹不已，认为美极了。谢景重也在座，答话说："我认为有微云点缀会更美。"太傅便和谢景重开玩笑说："你居心不净，反而硬要污染天空吧！"

扩展阅读

宣武移镇南州[①]，制街衢平直[②]。人谓王东亭曰[③]：“丞相初营建康[④]，无所因承[⑤]，而制置纡曲[⑥]，方此为劣。”东亭曰：“此丞相乃所以为巧。江左地促[⑦]，不如中国[⑧]。若使阡陌条畅[⑨]，则一览而尽；故纡余委曲[⑩]，若不可测。”

（《言语》）

【注释】

①宣武：即桓温。晋哀帝兴宁二年（364），大司马桓温兼任扬州牧。他先移镇春谷县，次年又往东移镇姑孰。桓温（312～373），字元子。晋谯（qiáo）国龙亢（今安徽怀远西北）人。晋明帝的女婿。历任征西大将军、大司马等职。　镇：镇守。　南州：城名，即姑孰，故址在今安徽当涂。因在建康以南，故称南洲（州）。

②街衢（qú）：街道。

③王东亭：即王珣（349～400），字元琳，小字法护、阿瓜，晋琅邪临沂（今山东临沂）人。东晋丞相王导之孙。著名书法家。大司马桓温辟为主簿，累迁尚书左仆射，封东亭侯，故人称“王东亭”。

④丞相：即王导，字茂弘，晋琅邪临沂人。晋元帝即位后任丞相。为东晋名臣之一。　建康：地名，今江苏南京市。六朝都城。

⑤因承：因袭继承，参照。

⑥制置：修造，布置。　纡（yū）曲：弯曲、曲折。

⑦促：狭窄。

⑦中国：中原。

⑨阡陌：田间小路，南北方向的叫阡，东西方向的叫陌。这

里指街道。条畅：通畅，畅达。

⑩纡余委曲：曲曲折折。

【译文】

宣武移镇南州，他规划修建的街道又平又直。有人对王东亭说："丞相当初营建建康城时，没有什么可供仿效的，所以街道修造得弯弯曲曲，比这里要差。"王东亭说："这正是丞相巧妙的地方。江东地方狭窄，比不上中原。如果让街道畅达，就会一览无余；而曲折迂回，就会给人以深不可测的感觉。"

点评

晋人崇尚含蓄之美。谢景重对天空月色的欣赏以及王东亭对王导丞相的城区设计的评论，都体现了这种审美观念。从审美的角度看，微云点缀的夜空确实比万里无云的夜色更有魅力，而平直的街道也远不及曲径通幽的小巷那样吸引人。

深情

新亭对泣

过江诸人①，每至美日②，辄相邀新亭③，藉卉饮宴④。周侯中坐而叹曰⑤：“风景不殊，正自有山河之异⑥！”皆相视流泪。唯王丞相愀然变色曰⑦：“当共戮力王室⑧，克复神州，何至作楚囚相对⑨！”

（《言语》）

【注释】

①过江诸人：指西晋末年为躲避战乱而渡过长江的官僚人士。参见“郗公名德”条注①。

②美日：风和日丽的日子。

③新亭：又名劳劳亭，原是三国时吴国所建，故址在今南京市南，为古时送别之所。唐代大诗人李白有《劳劳亭》诗：“天下伤心处，劳劳送客亭。春风知别苦，不遣柳条青。”

④藉卉（jièhuì）：坐在鲜花开放的草地上。

⑤周侯：即周顗（yǐ），参见“刻画无盐”条注①。曾任吏部尚书等职。袭父爵，为武城侯，故人称“周侯”。

⑥正自：只是。

⑦王丞相：即王导（276～339），参见“天月风景”“扩展阅读”注④。 愀（qiǎo）然：神色严肃的样子。

⑧戮（lù）力：并力，合力。

⑨楚囚：楚国的囚犯，指楚国音乐家钟仪。参见本条“扩展阅读”。

【译文】

渡江避难的各位士人，每到风和日丽的日子，总是相邀去新亭，坐在鲜花盛开的草地上饮宴。周侯曾在座中感叹道：“这里的风景和中原相比没有什么不同，只是有山河的差异罢了！”大家都互相对视，潸然泪下。只有王丞相脸色忽变，严肃地说：“大家应该为朝廷齐心合力，收复神州，怎么能像楚国的囚徒那样相对流泪呢！”

扩展阅读

景公观军府[①]，见而问之曰：“南冠而絷者为谁[②]？”有司对曰[③]：“楚囚也。”……与之琴，操南音[④]。范文子曰：“楚囚，君子也！乐操土风[⑤]，不忘旧也。”

（刘孝标注引《春秋传》）

【注释】

①景公：晋景公，前599～前581年在位。　军府：贮藏军器的地方。

②南冠：南方人戴的帽子。这里是名词作动词用。　絷（zhí）者：被拘囚的人。

③有司：古代设官分职，各有专司，因称管理者为“有司”。

④南音：南方的音调。

⑤操：演奏。　土风：自己家乡的歌谣。

【译文】

晋景公视察军府，看见被俘的钟会，就问道：“被拘囚的那个戴南方帽子的人是谁?”管事的回答:“是来自楚国的俘虏。”……给他琴,他弹奏了南方的曲子。范文子说:“楚囚是位君子。演奏自己家乡的歌谣,没有忘记自己的故乡。”

点评

316年,匈奴人刘曜攻陷长安,晋愍帝被掳,西晋王朝覆灭。司马睿(晋元帝)在建业(今江苏省南京市)即位,中原士族渡江南下。新亭对泣的故事即反映了这一历史剧变发生之后南渡士人的心态。本篇立意高远,笔精墨练,对南渡士人在芳草地上宴饮的场面未作丝毫描写,而是重点昭示他们此时此刻的心灵感受。风景不殊,而山河已非,周侯一句凄美的话语,引得大家相视流泪。而王导丞相独出众表,壮怀激烈,发出令人感奋之言,以戮力王室,克服神州为己任。但细味周侯之言,亦有弦外之音。原来东晋的首都建业与西晋的首都洛阳有非常相似的地理环境:四周有群山环绕,城外有碧水长流。梁元帝《金楼子》卷五《著书篇第十》载《丹阳尹序传》说:“自二京版荡,五马南渡,固乃上烛天文,下应地理。尔其地势可得而言:东以赤山为成、皋,南以长淮为伊、洛,北以钟山为芒、阜,西以大江为黄河。既变淮海为神州,亦即丹阳为京尹。虽得仁之盛,颇愧前贤。”而唐代诗人许浑《金陵怀古》诗云:“英雄一去豪华尽,惟有青山似洛中。”这种地理上的对应和相似,使初到江东的士人有一见如故而实则非故的亲感与痛感,所以引发了他们怆怀故国的情思,从而与乐操土风、不忘故国的楚国乐师钟仪产生共鸣。这个故事在后世很有影响,特别是在神州陆沉,中华民族濒临生死存亡的关头,我们每每可以窥见新亭对泣式的凄凉情调,或者听到王导式昂扬奋发的高亢之音。

百感交集

卫洗马初欲渡江[①]，形神惨悴[②]，语左右云："见此芒芒[③]，不觉百端交集[④]。苟未免有情，亦复谁能遣此！"

（《言语》）

【注释】

①卫洗（xiǎn）马：即卫玠（jiè），字叔宝（287～313），晋河东安邑（今山西运城东北）人。永嘉四年（310），移家渡江到豫章郡。号称中兴名士。洗马，官名，秦时设置，为太子官属，太子出行时为前导，晋以后改为掌管图籍。

②惨悴：凄惨，憔悴。

③芒芒：同"茫茫"，形容辽阔无边。

④百端：各种思绪。

【译文】

卫洗马刚要渡过长江，面容憔悴，神情凄惨，对随从的人说："目睹这茫茫的大江，不觉百感交集。只要是有感情，谁又能排遣得了这种种忧伤！"

扩展阅读

子在川上曰[①]："逝者如斯夫[②]！不舍昼夜[③]。"

（《论语·子罕》）

【注释】

①子：孔子。　川：河。

②逝者：流逝的时间。　斯：此，这。

③舍：舍弃。

【译文】

孔子站立在河岸之上，感叹道："逝去的时光就像流水一样，昼夜不停地流淌。"

点评

在六朝士人看来，人生是痛苦的，而造物主所缔造的自然风物却是美好的。当它与一定的人生际遇密切相联的时候，就更富有诗意的美，更加销魂夺魄。卫玠那深情绵邈的言辞，究竟为何而发？是因江水的茫茫无际而想到人生的短暂？还是因江水的波涛汹涌而想到人生的险恶？抑或是因江水的长流不已而想到覆亡的故国？或许都有。读了这段文字，我们很容易联想到唐代著名诗人陈子昂的《登幽州台歌》："前不见古人，后不见来者。念天地之悠悠，独怆然而涕下。"以及《论语·子罕》孔子叹息逝水的名言。孔子、卫玠和陈子昂生活在三个迥然不同的时代，但他们流露出了十分相近的情感。他们对时间和空间，对人生和宇宙都表现出了深沉的感慨和执著的思索。孔子重在惊叹，卫玠偏于感伤，陈子昂也带着浓郁的感伤色彩，但他所抒发的感情更为深邃，更为幽渺，更富有哲理性的启迪，体现了更为强烈的时空意识——上摩日月星辰，下瞰山河大地，仿佛具有包举宇宙、勘破万象的伟力。千余年来，文人学子们心摹手追，传唱不已，其原因也就在于此吧。

桓公泣柳

桓公北征[①]，经金城[②]，见前为琅邪时种柳[③]，皆已十围[④]，慨然曰："木犹如此，人何以堪！"攀枝执条，泫然流泪[⑤]。

（《言语》）

【注释】

①桓公：参见"天月风景"条"扩展阅读"注释①。北征：桓温在东晋太和四年（369）北伐燕国。

②金城，地名，是东晋南琅邪郡郡治。

③为琅邪：桓温在咸康七年（341）任琅邪国内史，镇守金

城，到他率兵伐燕时已过了将近三十年的时间。

④围：计算圆周的单位。拇指和食指合拢的圆周长为一围。柳树十围，意味着即将干枯了。

⑤泫（xuàn）然：流泪不止的样子。

【译文】

桓温北伐，经过金城，看见自己从前担任琅邪内史时所种的柳树，都已经十围了，就慨叹道："树木尚且如此，人又怎么能经得起岁月的消磨呢！"他攀着树枝，抓住柳条，不禁泪流满面。

扩展阅读

桓大司马闻而叹曰[①]："昔年移柳，依依汉南[②]；今看摇落，凄怆江潭[③]。树犹如此，人何以堪？"

（北周·庾信《枯树赋》，《庾子山集》卷一）

【注释】

①大司马：指桓温。

②汉南：地名，在今四川境内。

③凄怆（qīchuàng）：悲伤。　江潭：江边，水滨。

【译文】

大司马闻知而感叹道："昔年移柳，依依飘拂于汉南；今日眼看它萧条、衰落，不禁悲伤于江畔。树木尚且如此，人又如何能够承受？"

点 评

世事如浮云，岁月如流水，树木尚且不堪衰老，人又如何经得起日月的消磨呢！桓温将军乃是一介武夫，居然对人生有如此深切的体察！柳树作为自然之物，竟然激发了他的绵邈深情。桓温抚今追昔，不禁有此慨叹。此种深情对人生具有普遍的意义，所以这个故事广传于后世，大文学家庾信还将它改写为一首优美的抒情小诗。

圣人之情

僧意在瓦官寺中①，王苟子来②，与共语，便使其唱理③。意谓王曰："圣人有情不？"王曰："无。"重问曰："圣人如柱邪？"王曰："如筹算④。虽无情，运之者有情。"僧意云："谁运圣人邪？"苟子不得答而去。

（《文学》）

【注释】

①僧意：东晋简文帝时僧人，生平不详。　瓦官寺：东晋时代的一座著名佛寺，位于都城建康（今江苏南京）城西南隅。

②王苟子：即王脩，参见"善人恶人"条"扩展阅读"注②。

③唱理：谈论哲理。

④筹算：计算用的筹码。

【译文】

僧意在瓦官寺，等王苟子到来，和他交谈，便让他开始谈论玄理。僧意问王苟子说："圣人有感情没有？"王说："没有。"僧意又问道："那么圣人像柱子一样吗？"王说："像筹码，虽然没有感情，可是使用它的人有感情。"僧意追问道："谁使用圣人呢？"王苟子回答不了，就走开了。

扩展阅读

王戎丧儿万子[①]，山简往省之[②]，王悲不自胜。简曰："孩抱中物[③]，何至于此！"王曰："圣人忘情，最下不及情。情之所钟[④]，正在我辈。"简服其言，更为之恸。

（《伤逝》）

【注释】

①王戎（234～305）：字浚冲，晋琅邪临沂（今山东临沂）人。幼而颖悟，善于谈赏，为"竹林七贤"之一。曾被朝廷封为安丰侯。

②山简（253～312）：西晋河内怀县（今河南武陟县西南）人。曾任吏部尚书、征南将军等职。　省：探望。

③孩抱：尚在襁褓之中的孩子，泛称小孩。

④钟：集中。

【译文】

王戎失去了儿子王万子，山简前去探望他，王戎悲伤万分，难以自持。山简说："不过是一个幼儿，何至如此呢！"王戎说："圣人能够超脱一般的感情，最下层的人顾及不到感情，故而人间的感情都集中到了我们这些人的身上。"山简很佩服他的话，也为他悲痛起来了。

点评

人非草木，孰能无情！无论是圣人，还是普通人，或者介于二者之间的贤哲之人，其生命的律动都是在丰沛的情感中进行的。没有人类的情感，也就没有人类的一切。所以，圣人不仅不是超脱，而恰恰是情之圣者。而王戎的感念亡儿，山简的悲天悯人，亦几乎接近情圣的境界了！

中年哀乐

谢太傅语王右军曰[①]："中年伤于哀乐，与亲友别，辄作数日恶[②]。"王曰："年在桑榆[③]，自然至此，正赖丝竹陶写[④]，恒恐儿辈觉，损欣乐之趣[⑤]。"

（《言语》）

【注释】

①谢太傅：即谢安（320～385），字安石。为东晋名臣之一。曾任中书监，录尚书事，进位太保，死后赐太傅。　王右军：即王羲之（303～361，一说309～365或321～379）。晋琅邪临沂人。著名书法艺术家。曾任右军将军，故人称"王右军"。

②辄：总是，就。　恶：恶劣，这里指心情不好。

③桑榆：晚年。太阳下山时，阳光只照着桑树、榆树的树梢，所以古人常用桑榆比喻黄昏，也用来比喻人的晚年。

④陶写：陶冶，抒发。

⑤恒：总。　损：减少。

【译文】

谢太傅对王右军说："生当中年，常常感伤于哀乐之情，每与亲友话别，总是数日闷闷不乐。"王右军说："桑榆之年，自然如此，只能依赖音乐来陶冶、抒发感情，可是又总担心晚辈们因此而减少了欢乐的情趣。”

扩展阅读

……坡诗用其事云[1]：“正赖丝与竹，陶写有余欢[2]。”夫陶写云者，排遣消释之意也，所谓欢乐之趣；有余欢者，非陶写其欢，因陶写而欢耳。

（金·王若虚《诗话》，《滹南遗老集》卷四十）

【注释】

①坡：即苏轼（1037～1101），字子瞻，号东坡居士。眉山（今属四川省）人。著名文学家、书画家。　事：事类，典故。

②“正赖”二句：出自《游东西岩》，见《东坡全集》卷五。

【译文】

苏东坡在诗中用这个典故说：“正赖丝与竹，陶写有余欢。”他所说的“陶写”，就是排遣消释的意思，即所谓欢乐之趣；而所谓“余欢”，并非说陶写其欢喜，是因为“陶写”而欢喜罢了。

点 评

中年是人生的秋天，丰富、成熟。屈原的愤时忧国，但丁的徘徊歧路，都是起自于中年时代。同时，中年人对晚辈也是最为关切的，他们并不愿意自己的悲哀情绪对孩子们产生任何影响。王羲之的话传达了中年人的真实心态。

肝肠寸断

桓公入蜀[①]，至三峡中[②]，部伍中有得猿子者，其母缘岸哀号，行百余里不去，遂跳上船，至便即绝。破视其腹中，肠皆寸寸断。公闻之怒，命黜其人[③]。

（《黜免》）

【注释】

①桓公入蜀：晋穆帝永和二年（346），桓温讨伐蜀汉李势政权，次年攻占成都。

②三峡：即长江三峡，长江上游瞿塘峡、巫峡和西陵峡的合

称。西起重庆奉节县白帝城，东迄湖北宜昌市南津关，全长 193 公里。

③黜（chù）：黜退，罢免。

【译文】

桓公入蜀，到达三峡中，部队里有个人捕到一只小猴，母猴沿着江岸哀号不已，跟着船走了一百多里也不肯离开，后来它终于跳上了船。可它一上船就气绝了。士兵们剖开母猴的肚子看，发现里面的肠子都一寸一寸地断裂了。桓公听说此事非常生气，就下令把捕捉小猴的人给罢免了。

扩展阅读

桓公坐有参军椅烝薤[1]，不时解[2]；共食者又不助，而椅终不放。举坐皆笑。桓公曰："同盘尚不相助，况复危难乎？"敕令免官[3]。

（《黜免》）

【注释】

①椅：当作"掎"（jī）字，用筷子夹。 烝薤（zhēngxiè）：烝，即"蒸"，薤是一种蔬菜，蒸熟后很粘。

②不时解：一时间分解不开。

③敕（chì）令：命令。

【译文】

在桓公的宴席上有一位参军用筷子夹取蒸薤，一时解不开。而一同吃饭的人不帮助他，可是他夹住蒸薤就是不能放开。座中所有的人都笑了。桓公说："一同吃饭尚且不能互相帮助，更何况危难来临呢？"于是下令免除所有一同吃饭的人的官职。

点评

桓温不过是一介武夫，但在他的内心深处却蕴蓄着脉脉的温情。他同情肝肠寸断的母猿，也关爱吃饭时无人帮助的参军。他从细微的小事中窥见了大问题。所以，他这样两次罢免手下的官吏，并不是小题大做。

人琴俱亡

王子猷[①]、子敬俱病笃[②]，而子敬先亡。子猷问左右："何以都不闻消息？此已丧矣。"语时了不悲。便索舆来奔丧[③]，都不哭。子敬素好琴，便径入坐灵床上，取子敬琴弹，弦既不调[④]，掷地云："子敬，子敬，人琴俱亡！"因恸绝良久[⑤]，月余亦卒[⑥]。

（《伤逝》）

【注释】

①王子猷：王徽之（？~388），字子猷，晋琅邪临沂（今山东临沂市）人。王羲之子，王献之兄，曾任黄门侍郎等职。

②子敬：即王献之，参见"云兴霞蔚"条"扩展阅读"注①。病笃：病重。

③舆：指车。

④调：合调，协律。

⑤恸绝：悲痛得晕过去。

⑥卒：去世。

【译文】

王子猷和王子敬都已病重，而子敬先去世了。子猷问左右的人说："怎么一点也没有听到子敬的消息？这是已经死了吧!”说话时一点也不悲伤。他马上要车来奔丧，也没有哭。子敬平时喜欢琴，子猷便径直进去坐在灵床上，拿过子敬的琴来弹奏，可琴弦怎么也调不好，他把琴掷到地上说：“子敬，子敬，人琴皆亡!”随后就因悲痛昏迷了许久。一个多月后，他也去世了。

扩展阅读

顾彦先平生好琴[①]，及丧，家人常以琴置灵床上。张季鹰往哭之[②]，不胜其恸，遂径上床，鼓琴作数曲，竟，抚琴曰：“顾彦先颇复赏此不?”因又大恸，遂不执孝子手而出[③]。

(《伤逝》)

【注释】

①顾彦先：即顾荣，参见“顾荣施炙”条注①。

②张季鹰：即张翰，字季鹰，晋吴郡（今江苏苏州）人，曾任大司马东曹掾（一种属官）。

③不执孝子手而出：是说张季鹰伤痛之极，以至于忘了礼节。孝子，指居父母丧期的儿子。按当时的礼节，参加吊唁的人临走时，应与孝子握手，以示慰问。

【译文】

顾彦先平生喜欢琴，在他死后，家人就把琴放在灵床上。张季鹰去哭悼他，万分悲痛，便径直上床，弹奏数曲，然后抚着琴说：“顾彦先还很欣赏我弹的曲子吗?”于是又大为悲痛，竟然没有握孝子的手就出去了。

点评

魏晋名士每多音乐之胜赏，所以当时知识分子常常喜欢弹琴。子敬素好琴，顾彦先平生好琴，对他们来说，人与琴，琴与人，是不可间分的。无论是兄弟的悲悼，还是朋友的追怀，都与琴密切相关。然而，兄弟之间，手足深情，一旦阴阳异路，怎能不悲伤呢？王徽之的不哭不悲，正是极度悲伤的表现。他的感情已经悲痛到极点了，几滴清泪根本无法表达他对兄弟的思念。而当看到献之的遗物时，他终于无法控制自己的感情了，于是声声悲叹，交崩而出，感情的洪涛冲决心灵的长堤，巨声訇然。王子猷的哀之极而无泪，与谢太傅的乐之极而无语（参见“谢公围棋”条），都是郁极而发的表现，其悲喜横决，反而远远超过了世俗的常情。换言之，悲之极与喜之极，都可能表现为不悲不喜，而这正是一种惊心动魄的大悲和大喜，正是人类情感最深刻的辩证法。

才艺

咏絮之才

谢太傅寒雪日内集[①]，与儿女讲论文义[②]。俄而雪骤[③]，公欣然曰："白雪纷纷何所似?"兄子胡儿曰[④]："撒盐空中差可拟[⑤]。"兄女曰[⑥]："未若柳絮因风起[⑦]。"公大笑乐。

(《言语》)

【注释】

①谢太傅：即谢安，参见"中年哀乐"条注①。　内集：家庭聚会。

②文义：文章的内容。

③骤：急，快。

④胡儿：即谢朗。朗字长度，小字胡儿，晋陈郡阳夏（今河南太康县）人。谢据长子。善言玄理，为叔父谢安所赏爱。历任著作郎、东阳太守等职。

⑤盐：指吴盐，非常洁白。以吴盐喻雪，是突出雪的珍贵、吉祥，有俗语所谓“瑞雪兆丰年”的意思。 差：甚，很。 拟：比拟。

⑥兄女：即谢韬元。韬元字道蕴，晋陈郡阳夏（今河南太康县）人。谢奕女，王凝之妻。有才学，工诗文，气度优雅，为叔父谢安所赏。东晋著名女诗人。

⑦因：凭借。以上三句是句句压韵的七言诗，系模仿汉代的“柏梁体”。本篇有删节。

【译文】

谢太傅在一个寒冷的雪天与家人聚会，为孩子们讲解文章。一会儿，雪下大了，谢安兴致勃勃地问：“这大雪纷飞像什么呢?”侄子胡儿说：“好比是把盐撒到空中一样。”侄女说：“还不如是柳絮凭借风势在空中起舞。”谢安大笑，非常快乐。

扩展阅读

谢公因子弟集聚[①]，问：“《毛诗》何句最佳[②]?”遏称曰[③]：“昔我往矣，杨柳依依；今我来思，雨雪霏霏[④]。”公曰：“订谟定命，远猷辰告[⑤]。”谓此句偏有雅人深致[⑥]。

（《文学》）

【注释】

①因：借机。

②《毛诗》：即《诗经》，是我国最早的一部诗歌总集。现在的《诗经》是由汉代学者毛亨作传的，所以又称《毛诗》。

③遏（è）：即谢玄（343～388），字幼度，小字遏，晋陈郡阳夏（今河南太康县）人。少颖悟，为叔父谢安器重。及长，有经国才略。历任车骑将军等职。

④“昔我”四句：出自《诗经·小雅·采薇》，大意是说想起我离家出征的时光，杨柳轻轻地摇曳；如今我回到家乡，雪花漫天飞舞。雨（yù）雪，下雪。

⑤“讦谟”二句：出自《诗经·大雅·抑》，意思是说国家大计一定要号召，重大方针政策就及时宣告。讦（xū），大；谟（mó），策略；猷（yóu），谋略、方略。

⑥雅人：高雅的人。　深致：深远的意趣。

【译文】

谢安借子弟们聚会的机会，问道：“《毛诗》哪一句最佳?”谢玄宣称：“昔我往矣，杨柳依依；今我来思，雨雪霏霏。”谢安说：“讦谟定命，远猷辰告。”他认为这两句诗特别富有高雅之士的深远意趣。

点评

陈郡阳夏谢氏是一个横亘三百多年的文化世族。这一家族以文学创作著称于世，出现了许多著名的诗人，如谢灵运、谢朓以及女诗人谢道缊等等。以上两则故事就反映了谢氏家族的这种风气。谢道蕴以柳絮因风比喻飞舞的雪花，从审美的角度看，显然要比胡儿的比喻高明得多，故后人以“咏絮之才”称道其过人的才情。实际上，在谢氏家族内部，每个家庭成员的文学趣味并不完全相同。胡儿重视事物的实用价值，谢安看重文学的政治功能，而谢道蕴和谢玄则偏爱文学的审美情趣。显然，在文化观念上，谢氏家族是非常自由的，所以各种不同的观点都可以充分地表达出来。

匿名求学

服虔既善《春秋》[①]，将为注，欲参考同异。闻崔烈集门生讲《传》[②]，遂匿姓名，为烈门人赁作食[③]。每当至讲时，辄窃听户壁间。既知不能逾己，稍共诸生叙其短长。烈闻，不测何人。然素闻虔名，意疑之。明蚤往[④]，及未寤[⑤]，便呼："子慎！子慎！"虔不觉惊应，遂相与友善。

（《文学》）

【注释】

①服虔：参见"成人之美"条注②。　《春秋》：这里指《春秋左氏传》。参见"成人之美"条注①。

②崔烈（？~192）：字威考，东汉涿郡（今河北涿州）人。著名学者。历任司徒、太尉等职，封阳平亭侯。　门生：弟子，学生，下文的"门人"与此意同。

③赁（lìn）：做雇工。

④蚤：通"早"。

⑤寤（wù）：睡醒。

【译文】

服虔已经在《春秋左氏传》的研究方面很有专长，将要给这部书作注释，就想参考各家学说的异同。他听说崔烈召集学生讲授《左传》，便隐匿姓名，去给崔烈的学生当佣人做饭。每当崔烈讲课的时候，他就躲在门外偷听。在他了解到崔烈的学术观点超不过自己以后，便渐渐地和那些学生谈论他的得失。崔烈听说此事，猜不出他是什么人，但素来闻知服虔的名声，便怀疑是他。次日清晨他便前往服虔的宿舍，趁他还没醒来的时候，便突然唤道："子慎！子慎！"服虔不觉惊醒应答，于是两人就结交成为好友。

扩展阅读

钟会撰《四本论》始毕[1]，甚欲使嵇公一见[2]，置怀中，既定[3]，畏其难[4]，怀不敢出，于户外遥掷，便回急走。

（《文学》）

【注释】

①钟会（225～264）：字士季，钟繇次子。曾任司马等职。《四本论》：钟会撰写的一篇文章，论才能与德行并不抵触，可以兼备。文今不传。

②嵇公：嵇康（223～262），字叔夜，三国魏谯郡（治所在今安徽亳州）人。著名诗人、文学家、音乐家和学者。"竹林七贤"之一。

③定：到。

④难（nàn）：问难，质疑。

【译文】

钟会撰写《四本论》刚刚完成，很想让嵇康一阅。他便将文章揣在怀里，到了嵇康家门口，又担心他质疑、问难，就始终揣着不敢拿出来。最后在门外远远地将文章扔进去，就急急忙忙转身跑掉了。

点评

虚心求教对学习的进步是非常重要的。服虔为了学习不惜隐姓埋名，去崔烈家中当佣人，钟会也想求教于著名学者嵇康，尽管缺乏面对他的勇气。他们的精神都是非常可贵的。

七步成诗

文帝尝令东阿王七步中作诗[①]，不成者行大法[②]。应声便为诗曰："煮豆持作羹[③]，漉菽以为汁[④]。萁在釜下然[⑤]，豆在釜中泣；本自同根生，相煎何太急[⑥]！"帝深有惭色。

（《文学》）

【注释】

①文帝：魏文帝曹丕（187～226），字子桓，三国魏沛国谯（今安徽亳州）人。曹操次子。220 年称帝，在位七年，谥文皇帝。著名诗人和文学批评家。　东阿王：曹植（192～232），字子建，曹操第三子，曹丕弟。少博学，善诗文，曹操曾经一度想让他继承王位，故深为曹丕所忌。

他是当时杰出的诗人，也是中国文学史上的重要作家之一。曹丕继位后，他很受压制，曾被封为东阿王。七步中作诗：佛教传说，佛祖释迦牟尼刚一降生，就走了七步，并说："天地人间，惟我独尊。"曹植七步成诗的故事可能与这个传说有关。

②大法：重刑，指死刑。

③羹：一种带汁的食物，有菜羹、肉羹之别。它是古代人们生活中的基本菜肴之一。

④漉菽（lùshū）：漉，过滤；菽，豆类的总称。

⑤萁（qí）：豆秸，豆茎。釜（fǔ）：锅。然：通"燃"，烧。

⑥煎：熬，煮。

【译文】

魏文帝曹丕曾经命令东阿王曹植在行七步的时间内作诗一首，如果作不出来，就要施以死刑。东阿王应声便作诗一首："煮豆持作羹，漉菽以为汁。萁在釜下燃，豆在釜中泣；本自同根生，相煎何太急！"魏文帝深感惭愧。

扩展阅读

桓宣武北征[①]，袁虎时从[②]，被责免官。会须露布文[③]，唤袁倚马前令作。手不辍笔[④]，俄得七纸，殊可观。东亭在侧[⑤]，极叹其才。

（《文学》）

【注释】

①桓宣武：即桓温，参见"天月风景"条"扩展阅读"注①。桓温在东晋太和四年（369）北伐燕国。

②袁虎：即袁宏，参见“印渚风光”条“扩展阅读”注①。
③露布文：布告文书。
④辍笔：停笔。
⑤东亭：即王珣，参见“天月风景”条“扩展阅读”注③。

【译文】

桓温率部北伐，袁虎也随同出征，因受到桓温的责罚而被免官。当时正好急需一篇露布文，桓温便召唤袁虎，让他倚靠在马前写作。他手不停笔，一会儿就写满了七张纸，非常精彩。当时王东亭正在袁虎身边，特别欣赏他的才华。

点 评

曹植和袁宏都是文思敏捷的作家，所以吟诗作文，一挥而就，文不加点。这两则故事都反映了我国魏晋时期的文坛推重文思敏捷的风气。而这种能力，既依赖于天赋，也要靠后天的修炼。

左思作赋

左太冲作《三都赋》初成[①]，时人互有讥訾[②]，思意不惬[③]。后示张公[④]。张曰："此《二京》可三[⑤]。然君文未重于世，宜以经高名之士。"思乃询求于皇甫谧[⑥]。谧见之嗟叹，遂为作叙。于是先相非贰者[⑦]，莫不敛衽赞述焉[⑧]。

（《文学》）

【注释】

①左太冲：左思，字太冲，晋临淄（今山东淄博）人。西晋著名诗人、作家，代表作有《咏史八首》和《三都赋》等。《三都赋》："三都"指魏、蜀、吴三国的国都。据说，左思写此赋用了十年的时间。

②讥訾（zǐ）：批评，非难。

③惬（qiè）：满意，舒服。

④张公：张华（232～300），字茂先，范阳方城（今河北固安县）人。曾任太常、司空等职。西晋著名诗人、作家。

⑤《二京》：指东汉作家班固的《两都赋》和张衡的《二京赋》。汉代的东都，又称东京（今河南洛阳），西都又称西京（今陕西西安）。可三：这里的"三"用作动词。这句话的意思是说《三都赋》可以和《两都赋》《二京赋》鼎足而立，三赋齐名。

⑥皇甫谧（mì）（215～282）：字士安，号玄晏先生，晋朝

那（今甘肃平凉）人。著名学者、医学家。
⑦非贰：非难，反对。
⑧敛衽（rèn）：整饬衣襟或者衣袖，表示恭敬。　赞述：赞赏，传达。

【译文】

左思创作《三都赋》，刚刚完成，时人交相嘲笑、非难，他心里很不舒服。后来他把自己的作品给张华看，张华说："这可以和《二京赋》鼎足而三。但是您的文章还没有受到世人重视，应该得到著名学者的推荐才好。"左思便去向皇甫谧求教。皇甫谧见了这篇赋，叹赏不已，就为它作了一篇叙。于是以前非难左思并对他持怀疑态度的人，就都交口称赞，表示敬意了。

扩展阅读

庾仲初作《扬都赋》成[①]，以呈庾亮[②]，亮以亲族之怀[③]，大为其名价[④]，云可三《二京》，四《三都》。于此人人竞写[⑤]，都下纸为之贵[⑥]。

（《文学》）

【注释】

①庾仲初：庾阐，字仲初，晋颍川鄢陵（今河南鄢陵）人。与太尉庾亮同族。著名作家、诗人。　《扬都赋》：模拟扬雄、班固、张衡、左思诸人的一篇赋作。该赋铺陈东晋都城、扬州治所建康（今江苏南京）之山川形胜、草木禽鸟、宫室人物及都市繁华等情况。
②庾亮：参见"割席分坐"条"扩展阅读"注③。
③亲族：亲属，同姓本家。

④名价：评价。

⑤竞写：竞相传抄。

⑥都下：京都，指建康（今江苏南京）。

【译文】

庾仲初作《扬都赋》一篇，呈给庾亮指正，庾亮出于同族亲属之情，对这篇赋给予高度评价，并予以大力宣扬，说它可以和《二京赋》《三都赋》等名作并驾齐驱。由此人们竞相传抄，京都纸张的价格也变得昂贵起来了。

点评

初出茅庐的作家，尽管其作品可能写得非常出色，但也往往得不到人们的重视，必须经过名人的品评和推荐，才能逐渐为人们所接受。从古至今，文坛的风气常常如此。但是，无论如何，作家的创作实力和作品的艺术成就，是决定作家地位的主要因素。左思的《三都赋》和庾阐的《扬都赋》都是中国文学史上的优秀作品，无论当时的人们如何评价，它们都是不会被历史湮没的。

清言手笔

乐令善于清言①，而不长于手笔②。将让河南尹，请潘岳为表③。潘云："可作耳，要当得君意。"乐为述已所以为让，标位二百许语④，潘直取错综⑤，便成名笔。时人咸云："若乐不假潘之文⑥，潘不取乐之旨⑦，则无以成斯矣。"

（《文学》）

【注释】

①乐令：即乐广，参见"刻画无盐"条注④。 清言：即清谈。

②手笔：撰写散文。

③潘岳（247～300）：字安仁，晋荥阳中牟（今河南鹤壁西）人。曾任著作郎、黄门侍郎等职。著名诗人、文学家。 表：上呈皇帝的奏章。

④标位：揭示，阐释。

⑤错综：组织，整理。

⑥假：借助。

⑦旨：旨意，立意。

【译文】

乐令擅长清谈，却不善于写文章。他想辞去河南尹的职位，便请潘岳代笔写奏章。潘岳说："我可以写，但必须知道您的想法。”乐令便向他说明自己让位的原因，用二百多句话来加以解释。潘岳直接把他说的话拿来重新组织、编排一下，便写成了一篇著名的散文。当时人们都说：“如果乐令不借助潘岳的文辞，潘岳不采用乐令的立意，就不可能有这样漂亮的文章。”

扩展阅读

太叔广甚辩给①，而挚仲治长于翰墨②，俱为列卿③。每至公坐，广谈，仲治不能对；退，著笔难广④，广又不能答。

（《文学》）

【注释】

①太叔广（？～304）：字季思，晋东平（今山东东平县）人。晋武帝时为博士。　辩给：善于言辞，口齿伶俐。

②挚仲治（？～311）：名虞，晋长安（今陕西西安长安区西北）人。著名作家、文学批评家。　翰墨：笔墨，这里指写文章。

③列卿：朝中公卿。卿是古代朝廷的高级官员。

④著笔：撰写散文。六朝人称无韵之文为笔。

【译文】

太叔广非常善于辩论，而挚仲治却擅长写作，两人都是朝中的公卿。每当公坐聚会之时，太叔广谈论，仲治不能回答；仲治回去将自己的观点写成文章来反驳他，太叔广也不能回答。

点评

有的人能说，但不能写；有的人能写，但不会说；而既能写，又能说的人，从古至今都是比较少的。人的能力各有高下，人们擅长的领域也各不相同。人生于世，既要扬长避短，也应取长补短，这样才能有所成就。

绝妙好辞

魏武尝过曹娥碑下①，杨修从②。碑背上见题作"黄绢幼妇，外孙齑臼"八字，魏武谓修曰："解不？"答曰："解。"魏武曰："卿未可言，待我思之。"行三十里，魏武乃曰："吾已得。"令修别记所知。修曰："黄绢，色丝也，于字为'绝'；幼妇，少女也，于字为'妙'；外孙，女子也，于字为'好'；齑臼，受辛也③，于字为'辞'：所谓'绝妙好辞'也④。"魏武亦记之，与修同，乃叹曰："我才不及卿，乃觉三十里⑤。"

（《捷悟》）

【注释】

①魏武：魏武帝曹操（155～220），字孟德，小字阿瞒，汉末沛国谯（今安徽亳州）人。著名政治家、诗人。官至丞相、大将军，封魏王，后被追尊为武皇帝，庙号太祖。

曹娥碑：曹娥（95～108）是东汉时代一个孝女，上虞（今属浙江）人。父溺死，不得尸，娥时年十四岁，昼夜沿江号哭，十七日后，投江而死。后五日，二尸并出。上虞太守度尚为之立碑，其弟子邯郸淳撰文，这就是曹娥碑。碑后的题词，据说是东汉著名学者蔡邕所书。

②杨修（175～219）：字德祖，汉末弘农华阴（今陕西华阴

县）人。曾经在曹操手下担任主簿。为人机敏，富有才学。

③齑臼（jījiù）：捣齑用的臼。齑是把菜切碎或捣碎做成的酱菜或腌菜，臼是制作这类东西用的器具。 受辛："辞"的异体字写作"辤"。

④绝妙好辞：意思是绝妙、美好的文辞。这里用的是隐语和拆字法。

⑤觉：同"较"，相差，相距。

【译文】

魏武帝曾经路过曹娥碑下，杨修跟随着他。他们看见碑的背面题着"黄绢幼妇，外孙齑臼"八个字。曹操就对杨修说："懂得是什么意思吗？"杨修回答说："懂。"魏武帝说："你不要说出来，等我考虑一下。"走了三十里路，魏武帝才说："我已经想出结果了。"他叫杨修把自己所知道的另外记下来。杨修说："'黄绢'是有颜色的丝，'色''丝'合成'绝'字；'幼妇'是少女的意思，'少''女'合成'妙'字；'外孙'是女儿的儿子，'女''子'合成'好'字；'齑臼'，是承受辛辣东西的器物，'受''辛'合成'辤'字：这就是'绝妙好辞'。"曹操也记下了自己思考的结果，和杨修完全一样，于是他感叹道："我的才学不如你，竟然相差三十里。"

扩展阅读

杨德祖为魏武主簿，时作相国门[①]，始构榱桷[②]，魏武自出看，使人题门作"活"字，便去。杨见，即令坏之，既竟，曰："'门'中'活'，'阔'字，王正嫌门大也。"

（《捷悟》）

【注释】

①相国：官名，为辅佐皇帝执政的朝廷最高行政官员，这里指相国府。

②构：建造。 榱桷（cuījué）：椽子，屋椽，这里是指门楣。

【译文】

杨德祖担任魏武帝的主簿，当时正建相国府的大门，刚刚造好门楣，魏武帝亲自出来查看，然后叫人在门上题了个“活”字，就走了。杨德祖一见，立刻叫人把门楣拆了。拆完后，他说：“‘门’里加‘活’字，是‘阔’字。魏王正是嫌门太宽了。”

点评

杨修迅速地破解了曹娥碑后的题词，并知晓了魏武帝命人在门上题写“活”字的用意，确实表现出了过人的智慧。这样的智慧在魏晋时代是特别受人称道的。曹操虽然没有像杨修那样反应敏捷，但是，他那种独立思考的精神很值得我们学习。同时，他又肯定了杨修的才华高于自己，也突出表现了一位大政治家的胸襟、气度。

善解马性

王武子善解马性[1]。尝乘一马，著连钱障泥[2]，前有水，终日不肯渡。王云："此必是惜障泥。"使人解去，便径渡。

（《术解》）

【注释】

①王武子：王济（240？~285？），字武子，晋太原晋阳（今山西太原）人。著名玄学家，善解马性。曾任中书郎等职。晋武帝司马炎的女婿。

②著：同"着"，佩带。　连钱障泥：带有钱纹花饰的马鞍垫，下垂至马腹，用来遮挡尘土。

【译文】

王武子善于分析马的脾性。他曾经骑过一匹马，佩带有钱纹花饰的马鞍垫。前面有一条河，这匹马一整天也不肯渡过去。王武子说："这一定是马珍惜那马鞍垫子。"使人解下垫子，马就径直渡过去了。

扩展阅读

武子性爱马，亦甚别之。故杜预道王武子有马癖[1]，和长舆有钱癖[2]。武帝问杜预："卿有何癖？"对曰："臣有《左传》癖[3]。"

（刘孝标注引《语林》）

【注释】

①杜预（222～284）：字元凯，晋京兆杜陵（今陕西长安东南）人。历任镇南大将军等职。著名学者，尤其精通《左传》，著有《春秋经传集解》一书。

②和长舆：和峤，字长舆，晋汝南西平（今河南舞阳东南）人。曾任光禄大夫等职。家中极为富庶，但性格吝啬，以此获讥于世。

③《左传》：即《春秋左氏传》，"《春秋》三传"之一。传为春秋时代鲁国史家左丘明所著。

【译文】

王武子的性情喜欢马，也特别善于分辨不同种类的马。所以杜预说王武子有马癖，和长舆有钱癖。晋武帝问杜预："你有什么癖？"他回答说："我有《左传》癖。"

点评

王武子善解马性，令人叫绝。每个人都有自己的癖好，而这种个性化的癖好往往也就是个人的专长。因此，培养和发展良好的癖好，对个人对社会都是有益的。

传神阿堵

顾长康画人[①]，或数年不点目精[②]。人问其故，顾曰："四体妍蚩[③]，本无关于妙处，传神写照[④]，正在阿堵中[⑤]。"

（《巧艺》）

【注释】

①顾长康：即顾恺之，参见“咄咄逼人”条注③。

②目精：眼珠子。

③妍蚩（chī）：同“妍媸”，美丑。

④传神：表现出人物的精神、风采。　写照：摹写，摩画。

⑤阿堵：这个，指眼珠。

【译文】

顾长康画人，有的好几年也不点眼珠。有人问他这是何缘故，他说：“四体的美丑，本与妙处无关，而传神写照，正在此中。”

扩展阅读

顾长康画裴叔则[①]，颊上益三毛[②]。人问其故，顾曰：“裴楷俊朗有识具[③]，正此是其识具。”看画者寻之，定觉益三毛如有神明[④]，殊胜未安时。

（《巧艺》）

【注释】

①裴叔则：裴楷（237～291），字叔则，晋河东闻喜（今山西闻喜）人。著名学者。曾任开府仪同三司等职。

②益：增加。

③俊朗：俊秀开朗。　识具：见识与才学。

④神明：神情，气韵。

【译文】

顾长康画裴叔则，在脸颊上多画了三根胡子。有人问他是为什么，顾长康说：“裴楷俊秀开朗，富有见识与才学，这恰好表现了他的这种特点。”所以看画的人寻味此幅画像，一定会觉得增加了三根胡子好像更有精神，远远胜过没有添上的时候。

点评

眼睛是心灵的窗户。把握了人的眼睛，也就把握了人的精神世界。顾恺之关于为人物传神写照的理论是非常深刻的。画家画人，既要重视形似，更要重视神似，有时为了突出人物的精神，可以适当采取虚构的艺术方式。所以，顾恺之为表现裴叔则的见识和才学，就在他的脸上增加了三根胡须，而不必拘泥于他是否真有这样的胡须。因为艺术的真实虽然来自生活的真实，但总是要高于生活的真实的。

洒脱

支公纵鹤

支公好鹤[①]，住剡东岇山[②]。有人遗其双鹤[③]，少时翅长欲飞，支意惜之，乃铩其翮[④]。鹤轩翥不复能飞[⑤]，乃反顾翅，垂头，视之如有懊丧意。林曰："既有凌霄之姿[⑥]，何肯为人作耳目近玩！"养令翮成，置使飞去。

（《言语》）

【注释】

①支公：支遁，字道林。东晋名僧。曾隐居支硎（xíng）山，世称支公，又称林公。

②剡：剡县（今浙江嵊州），东晋时属会稽郡。　岇（áng）山：山名。

③遗：赠送。

④铩（shā）：摧残。　翮（hé）：羽毛中间的硬管，这里用来指翅膀上的羽毛。

⑤轩翥（zhù）：振翅高飞的样子。

⑥姿：通"资"，资质，禀赋。

【译文】

支公喜欢鹤，住在剡县东面的山上。有人送给他一对雏鹤。不久，鹤翅膀长成，将要飞了，支道林心里眷恋它们，就伤了它们的翅羽。鹤振动着翅膀，但是不再能飞起来了，便回过头来看着翅膀，低垂着头，看上去好像颇有懊丧的意思。支公说：“既然有直冲云霄的资质，又怎么愿意在人身边当玩物呢！”于是把它们喂养到翅膀再长起来的时候，就放飞了。

扩展阅读

泽雉虽饥[①]，不愿园林。安能服御[②]，劳形苦心。身贵名贱，荣辱何在？贵得肆志[③]，纵心无悔。

（三国·魏·嵇康《兄秀才公穆入军赠诗》
十九首其十九，《嵇中散集》卷一）

【注释】

①泽：沼泽湿地。　雉（zhì）：野鸡。

②服御：服务，为人所用。

③肆志：放纵自己的心志，下句的“纵心”与此意思相同。

【译文】

沼泽中的野鸡虽然常常挨饿，但是它也不愿住在园林之中。岂能为他人利用，使自己身心交瘁？人生以自身为贵，而名分是不足称道的，荣耀与耻辱究竟在哪里？而最宝贵的是能够舒展自己的心志，在心灵的自我追求中无怨无悔。

点评

支公纵鹤的故事体现了对自由的追求。惟其有这样的追求，才能推己及物，表现出伟大的人道主义情怀。在本篇中，鹤的美丽与鹤主的高雅相映生辉，而自然之物与人共同构成了一个自然的也是文化的自由胜境，令人久久难忘。而著名诗人嵇康歌咏“泽雉”，也以同样的生命情调唱出了一曲自由的颂歌！

广陵散绝

嵇中散临刑东市①，神气不变，索琴弹之，奏《广陵散》②。曲终，曰："袁孝尼尝请学此散③，吾靳固不与④，《广陵散》于今绝矣！"太学生三千人上书⑤，请以为师，不许。文王亦寻悔焉⑥。

（《雅量》）

【注释】

①嵇中散：即嵇康，参见"匿名求学"条"扩展阅读"注②。东市：汉代在长安东市处决犯人，后因以东市代指刑场。

②《广陵散》：琴曲名，嵇康善弹此曲。

③袁孝尼：袁准，陈郡阳夏（今河南太康县）人。为人忠信正直，不耻下问。曾任给事中等职。

④靳（jìn）固：吝惜。

⑤太学生：在太学就读的学生。太学是中央政府设在京城的最高学府，亦称国学。

⑥文王：指司马昭。昭封晋王，死后谥文王。　寻：不久。

【译文】

嵇中散临刑于东市，神气不变，他索琴而弹，演奏名曲《广陵散》。弹罢，他说道："袁孝尼曾经请求学习这曲《广陵散》，我因吝惜而不肯传给他，《广陵散》从今以后就要绝响于世了！"太学生三千人联名上书，请求拜嵇康为师，朝廷不允。晋文王不久也就后悔了。

扩展阅读

桓公伏甲设馔[①]，广延朝士[②]，因此欲诛谢安[③]、王坦之[④]。王甚遽[⑤]，问谢曰："当作何计？"谢神意不变，谓文度曰："晋祚存亡[⑥]，在此一行。"相与俱前[⑦]。王之恐状，转见于色；谢之宽容，愈表于貌。望阶趋席，方作洛生咏[⑧]，讽"浩浩洪流[⑨]"。桓惮其旷远[⑩]，乃趣解兵[⑪]。王、谢旧齐名，于此始判优劣。

（《雅量》）

【注释】

①桓公：即桓温，参见"天月风景"条"扩展阅读"注①。桓温本有篡位的野心，但晋简文帝死时，遗诏使桓温辅政，当时桓温出镇在外。他认为这是吏部尚书谢安和侍中王坦之的主意，所以入朝后，欲借屯兵新亭之机谋杀谢、王二人。　伏甲：埋伏士兵。　设馔（zhuàn）：摆设宴席。

②延：邀请。

③谢安：参见"咏絮之才"条注①。

④王坦之（330～375）：字文度，晋太原晋阳（今山西太原）人。历任侍中、左卫将军等职。

⑤遽（jù）：惊恐，慌迫。

⑥祚（zuò）：皇位，这里指国家。

⑦俱：一起，一同。

⑧方作：通"仿作"，仿效。　洛生咏：洛阳书生吟诗的声调。魏晋时期，洛阳官话是当时的普通话。

⑨浩浩洪流：出自嵇康《赠兄秀才入军诗》，这句诗的下一句是"带我邦畿"。谢安吟咏的是这两句诗，意谓浩浩荡

荡的河流，萦绕、拱卫着我们的京城。

⑩惮（dàn）：惧怕。

⑪趣（cù）：通“促”，马上、立刻。　解兵：罢兵。

【译文】

桓公埋伏甲士，设宴遍请朝中公卿，想借机谋杀谢安和王坦之。王坦之非常恐惧，便问谢安：“我们应该作何打算？”谢安神色不变，对他说：“晋朝国运的存亡，决定于我们此行。”随后二人一同前往赴宴。王坦之惊恐的状态，在脸上表现得越来越明显；而谢安的宽宏大度，在外貌上表现得更加清晰。他径直步上台阶，进入座席，并且模仿洛阳书生吟诗之声，高诵“浩浩洪流”的诗句。桓温惧怕他的旷达、深远，立刻撤走伏兵。原来王坦之和谢安是齐名的，通过这件事人们才分出了他们的高下。

点评

生为一代人杰，嵇康面对死亡，没有戚戚然的哀情，也没有惶惶然的惊惧。他带着对宇宙生命的大彻大悟毅然走向那不可知的幽明世界，神态安详，仪态从容，既潇洒又美丽。中古士人的文采风流，在嵇康的身上达到了美的极至！而在死神的阴影之下，随时都可能魂飞天外。此时此刻，谢安犹能保持从容的仪态、平静的神色和自如的举止，并且吟咏着嵇康那气势磅礴的诗句。他那旷远的气度终于慑服了暗藏杀机的阴谋家！

祖财阮屐

祖士少好财[①]，阮遥集好屐[②]，并恒自经营[③]。同是一累[④]，而未判其得失[⑤]。人有诣祖[⑥]，见料视财物[⑦]，客至，屏当未尽[⑧]，余两小簏[⑨]，箸背后[⑩]，倾身障之[⑪]，意未能平。或有诣阮，见自吹火蜡屐[⑫]，因叹曰："未知一生当著几量屐[⑬]！"神色闲畅[⑭]。于是胜负始分。

（《雅量》）

【注释】

①祖士少：祖约（？～330），字士少，晋范阳遒县（今河北涞水东北）人。曾任豫州刺史等职。

②阮遥集：阮孚（279～327），字遥集，晋陈留尉氏（今河南尉氏县）人。曾任吏部尚书、广州刺史等职。屐（jī）：木屐，木底有齿的鞋子。

③恒：总是。

④累：毛病。

⑤判：分辨，判断。

⑥诣：造访。

⑦料视：料理，照看。

⑧屏当：同"摒当"，料理，收拾。

⑨小簏（lù）：小竹箱子。

⑩箸：同"着"。

⑪障：遮挡。
⑫蜡屐：用蜡涂在木屐上，使之滑润。
⑬几量：几双。
⑭闲畅：闲适安详。

【译文】

祖士少喜欢钱财，阮遥集喜欢木屐，两人经常都是亲自料理。他们的嗜好都是一种毛病，可是人们还不能以此判定两人的高下。有人到祖士少家，看见他正在收拾、查点财物；客人到了，他还没有收拾完，剩下两个小竹箱，他就放在背后，侧身挡着，还有点心神不定的样子。又有人到阮遥集家，看见他亲自点火给木屐打蜡，并且还叹息说："不知这一辈子会穿几双木屐！"说话时神态安详，从容自在。于是两人的高下才见分晓。

扩展阅读

古之达人皆有所嗜[①]：玄晏先生嗜书[②]，嵇中散嗜琴[③]，靖节先生嗜酒[④]，今丞相奇章公嗜石[⑤]。石，无文无声，无臭无味，与三物不同，而公嗜之，……公以司徒保厘河洛[⑥]，治家无珍产，奉身无长物[⑦]，惟东城置一第[⑧]，南郭营一墅[⑨]，精葺宫宇[⑩]，慎择宾客，性不苟合，居常寡徒[⑪]，游息之时[⑫]，与石为伍。

（唐·白居易《太湖石记》，《唐文萃》卷七一）

【注释】

①达人：通达、贤明之士。
②玄晏先生：即皇甫谧，参见"左思作赋"条注⑥。
③嵇中散：即嵇康，参见"匿名求学"条"扩展阅读"注②。

④靖节先生：即陶渊明（365 或 372 或 376 ~ 427），谥号为靖节先生。东晋著名诗人，以田园诗著称。

⑤奇章公：指牛僧孺（779 ~ 847），字思黯，安定鹑觚（今甘肃灵台）人。其祖先在隋朝被封为奇章郡公，故称奇章公。为唐代名臣之一。与白居易、杜牧等著名诗人多有交往。

⑥保厘：治理百姓，保护扶持使之安定。　河洛：指黄河与洛水两水之间的地区。

⑦长物：多余的东西。

⑧第：住宅。

⑨墅：别墅。

⑩精葺：精心修葺。

⑪寡徒：人少。

⑫游息：游览，止息。

【译文】

古时通达的人都有自己的嗜好：玄晏先生好书，嵇中散好琴，靖节先生好酒，现在丞相奇章公好石。石是无文无声、无臭无味的，与以上三物不同，而奇章公偏好它，……奇章公以司徒的身份治理河洛地区，他治家没有珍贵的财产，奉身亦无多余之物，只是在东城置办一处住宅，在南郭营建一座别墅。他精心修葺房屋堂宇，谨慎地选择宾客，其性不苟合于人，平常居住很少有人在身边，在游览、休憩的时候，常常与石为伍。

点评

晋人推崇超脱、旷达的气度，所以有一种嗜好，就被看成是一种毛病。但在这个故事里，人们并不从两种不同的嗜好出发来品评人物，而是从其心胸的开阔与否来判断其高下。阮孚“不为外物所累”，不在意他人对自己的关注，所以胜于祖约。至于奇章公笃好无文无声、无臭无味的石头，也是其性情之所至。古代的文人逸士往往如此。有品位的人常常都是有所嗜好的。良好的嗜好对人的性情也是一种滋养。

东厢袒腹

郗太傅在京口[①]，遣门生与王丞相书[②]，求女婿。丞相语郗信[③]："君往东厢，任意选之。"门生归白郗曰[④]："王家诸郎亦皆可嘉，闻来觅婿，咸自矜持[⑤]，唯有一郎在东床上坦腹卧[⑥]，如不闻。"郗公云："正此好！"访之，乃是逸少[⑦]，因嫁女与焉[⑧]。

（《雅量》）

【注释】

①郗太傅：即郗鉴，参见"郗公名德"条注①。 京口：地

名，今江苏镇江。

②门生：弟子，门人。　王丞相：即王导，参见“天月风景”条“扩展阅读”注④。

③信：使者。

④白：禀告。

⑤矜持：拘谨。

⑥坦：通“袒”，袒露。

⑦逸少：即王导的侄子王羲之。

⑧与焉：相当于“与之”。

【译文】

郗太傅在京口，派门生给王丞相送信，想在王家求个女婿。丞相告诉郗家的使者说：“您可以到东厢房去任意挑选。”门生回去禀告郗太傅说：“王家的那些公子还都不错，听说来挑女婿，就都矜持起来，只有一位公子在东边床上袒胸露腹地躺着，好像什么也没有听到一样。”郗公说：“正是这个最好！”后来他访查此人，才知道原来就是王逸少，便把女儿嫁给了他。

扩展阅读

过江初，拜官舆饰供馔[①]。羊曼拜丹阳尹[②]，客来蚤者[③]，并得佳设[④]，日晏渐罄[⑤]，不复及精，随客早晚，不问贵贱。羊固拜临海[⑥]，竟日皆美供[⑦]，虽晚至，亦获盛馔。时论以固之丰华，不如曼之真率。

（《雅量》）

【注释】

①拜官：授予官职。　舆饰：舆，都、皆；饰，修饰、整

治。 馔：食物，酒食。

②羊曼（274～328）：字祖延，晋泰山南城（今山东费县西南）人。曾任丹阳尹。

③蚤：通“早”。

④佳设：盛宴。

⑤日晏：日迟，日晚。 罄（qìng）：尽。

⑥羊固：字道安，晋泰山南城（今山东费县西南）人。曾任临海太守。

⑦竟日：全天。 美供：精美的酒宴。

【译文】

西晋王室南渡的初期，新官被授予官职时，都要操办酒席招待来宾。羊曼出任丹阳尹时，客人来的早的，都能享受到丰盛的酒食。天晚了，准备的东西就少了，也就谈不上精美了。所以，他为客人准备酒食只是随客人来的早晚而有所不同，不管其高低贵贱。羊固出任临海太守时，全天都有精美的东西。所以即使客人来得很晚，也能享受到丰盛的酒食。当时的舆论认为羊固的丰盛、奢华，比不上羊曼的真诚、直率。

点评

中古士林崇尚真率的为人风格。真，谓诚实不欺；率，指直率无隐。不装假，不造作，一切发乎自然，这就是真率。庄子说：“真者，精诚之至也。不精不诚，不能动人。故强哭者，虽悲不哀；强怒者，虽严不威；强亲者，虽哭不和。真悲无声而哀，真怒未发而威，真亲未笑而和。真在内者，神动于外，是所以贵真也。”（《庄子·渔父》）世界上感人的东西都离不开一个“真”字。王逸少的东厢袒腹，感动郗太傅，以及羊曼的以少胜多、以简胜繁，其原因正在于此。

谢公围棋

谢公与人围棋[①]，俄而谢玄淮上信至[②]，看书竟[③]，默然无言，徐向局[④]。客问淮上利害，答曰："小儿辈大破贼。"意色举止[⑤]，不异于常。

（《雅量》）

【注释】

①谢公：即谢安，参见"中年哀乐"条注①。383 年，前秦王苻坚兴兵南侵，企图灭晋，屯军于淮水与淝水之间。东晋朝廷以谢安录尚书事，征讨大都督，谢安令其弟谢石、侄谢玄出兵淝水，一举击溃前秦军队，史称淝水之战。

②俄而：不久。　谢玄：参见"咏絮之才"条"扩展阅读"注③。　淮上：淮水之上，这里指淝水战场。　信：使者。

③竟：完毕。

④向局：面向棋局。

⑤意色：神色，表情。

【译文】

谢公与人下围棋，不久谢玄从淝水战场上派来的信使到了。谢公看完信，默然无言，慢慢地转向棋局。客人问他淝水战场上的情况，他回答说："孩子们已经大破贼兵了。"言谈之间，他的神色、举止和平时没什么两样。

扩展阅读

谢太傅盘桓东山时[①]，与孙兴公诸人泛海戏[②]。风起浪涌，孙、王诸人色并遽[③]，便唱使还[④]。太傅神情方王[⑤]，吟啸不言[⑥]。舟人以公貌闲意说[⑦]，犹去不止[⑧]。既风转急，浪猛，诸人皆喧动不坐。公徐云："如此，将无归[⑨]？"众人即承响而回[⑩]。于是审其量[⑪]，足以镇安朝野[⑫]。

（《雅量》）

【注释】

①盘桓：徘徊，流连。　东山：山名，在浙江上虞西南。谢安在出仕之前曾在此隐居，时常与诸名士畅游山水。

②孙兴公：孙绰（314～371），字兴公，晋太原中都（今山西平遥县）人。著名文学家。曾任著作郎等职。　泛海：乘船出海。

③王：指王羲之，参见"中年哀乐"条注①。　遽：紧张。

④唱：提议。

⑤王：通"旺"。

⑥吟啸：吟咏，吹口哨。

⑦舟人：舟子，划船的人。　说：通"悦"，愉快。

⑧去：向前走。

⑨将无：恐怕，表示揣测而偏于肯定的语气词。

⑩承响：应声。

⑪量：气度，气量。

⑫镇安：安定。

【译文】

谢太傅流连于东山时，时常和孙兴公等人乘船到海上游玩。有一次乘船，忽然风起浪涌，孙兴公、王羲之等人都不禁紧张起来，便提议返回岸上。而谢太傅这时神情正兴奋，又高吟又发啸，不说回去。船夫因为谢公神态安闲，心情愉悦，便仍然不断地摇船向大海深处行进。过了不久，风势转急，浪头更猛，大家都喧闹、骚动起来，再也不敢安坐了。这时谢公慢条斯理地说："既然如此，恐怕该回去了吧？"大家立即响应而回。由此人们审度谢安的气量，一致认为他足以镇抚朝廷内外。

点评

谢安是东晋时代的著名政治家。在他掌握朝廷大权的升迁过程中，他面临着许多重大的危机。他总是保持绝对的从容镇定——一种被《世说新语》称为"雅量"的品格，即在每一种险峻的形势中，他都能吟诗不绝或者弈棋不辍，仿佛什么也没有发生一样。能够以平恬的态度迎接突发的危险固然令人敬佩，而主动去寻觅险境，体验险境，并且以险为乐，以险为美，就更加难能可贵。在这个故事中，烈烈狂飙，滔滔碧海，雄浑而壮美，谢公沉醉于这美好、动人的大自然中，吟啸无言，视险如夷，其胸怀之放旷、气度之宏伟，令人想见"东临碣石，以观沧海"（《步出夏门行·观沧海》，《全魏诗》卷一）的魏武帝。

菰羹鲈脍

张季鹰辟齐王东曹掾①，在洛②，见秋风起，因思吴中菰菜羹、鲈鱼脍③，曰："人生贵得适意尔④，何能羁宦数千里以要名爵⑤？"遂命驾便归⑥。俄而齐王败，时人皆谓为见机⑦。

（《识鉴》）

【注释】

①张季鹰：参见"人琴俱亡"条"扩展阅读"注②。 辟（bì）：征召，招聘。 齐王：司马冏（jiǒng）（？～302），字景治，晋齐献王司马攸之子。晋惠帝时任大司马，辅政，日益骄奢，后被杀。

②洛：洛阳。

③吴中：地名，指今江苏一带。 菰菜羹：煮熟的带汁菰菜，为吴中名菜之一。 鲈鱼脍（kuài）：细切的鲈鱼肉，吴中名菜之一。

④适意：投合心意。

⑤羁宦：离开故园在他乡为官。

⑥命驾：命令御者驾驶车马出发。

⑦见机：事前明察事情变化的细微迹象或动向。

【译文】

张季鹰被任命为齐王的东曹属官，当时他在洛阳，看见秋风骤起，便开始思念吴中的菰菜羹和鲈鱼脍，并且说道："人生最可贵的不过是称心如意，怎么能远离故乡到几千里地以外做官，来追求名誉和爵位呢！"于是坐上车就还乡了。不久齐王失败，当时的人们都认为他有先见之明。

扩展阅读

江南人作脍名"郎官脍"，言因张翰得名。东坡诗云："浮世功名食与眠，季鹰真得水中仙。不须更说知机早，只为鲈鱼也自贤[①]。"又《送人归吴》有词云[②]："更有鲈鱼堪切脍。"山谷诗云[③]："东归却为鲈鱼脍，未敢知言许季鹰[④]。"王荆公诗云[⑤]："慷慨秋风起，悲歌不为鲈[⑥]。"

（宋·陈元靓《岁时广记》卷三"思莼鲈"条引《海物异名记》）

【注释】

①"浮世"两句：出自《张翰画像》一诗，见清·陈焯编《宋元诗会》卷二一。

②《送人归吴》：这首词的词牌子是《乌夜啼》，又题为《寄远》，见《东坡词》。

③山谷：黄庭坚（1045～1105），字鲁直，号山谷道人，北宋著名诗人，"江西诗派"的代表作家。

④"东归"两句：出自《秋冬之间鄂渚绝市无蟹今日偶得数枚吐沫相濡乃可悯笑戏成小诗三首》其三，见《豫章黄先生诗集》卷一一。

⑤王荆公：王安石（1021～1086），字介甫，号荆公，北宋著名文学家、政治家。

⑥"慷慨"两句：出自《旅思》一诗，见宋·李壁《王荆公诗注》卷二三。

【译文】

江南人制作的一种脍名叫“郎官脍”，据说是因张翰而得名。苏东坡的诗说：“浮世功名食与眠，季鹰真得水中仙。不须更说知机早，只为鲈鱼也自贤。”他的《送人归吴》有一句词说：“更有鲈鱼堪切脍。”黄山谷的诗说：“东归却为鲈鱼脍，未敢知言许季鹰。”而王荆公在诗中写道：“慷慨秋风起，悲歌不为鲈。”

点评

因思念家乡的美味而弃官还乡，这种举动在中国文人的生活史中是非常罕见的。从表面上看，张翰违背了儒家的缙绅礼仪，但其蔑弃名利、崇尚自由的精神，充分显示了当时的知识分子对于生活的浓厚热情和对于自我人格的坚决捍卫，这一点是非常可贵的。

云中白鹤

公孙度目邴原[①]："所谓云中白鹤，非燕雀之网所能罗也[②]。"

（《赏誉》）

【注释】

①公孙度：字升济，后汉襄平（今辽宁辽阳县北）人。曾任辽东太守、武威将军。　目：品题，品评。　邴（bǐng）原（？～211）：字根矩，东汉朱虚（今山东临朐县东）人。三国时在魏国为官，曾任五官将长史，是一位品德高尚的著名学者。邴原曾因避乱而居辽东，受到公孙度的礼遇，后因思乡心切就离开了那里。

②罗：张网捕鸟。

【译文】

公孙度品评邴原说：“他就是人们所说的云中白鹤，不是用抓捕燕雀的网所能捕到的。”

扩展阅读

原字根矩，北海朱虚人。少孤，数岁时，过书舍而泣[①]。师问曰：“童子何泣也？”原曰：“凡得学者，有亲也。一则愿其不孤，二则羡其得学，中心感伤，故泣耳。”师恻然曰[②]：“苟欲学[③]，不须资也[④]。”于是就业。长则博览洽闻[⑤]，金玉其行[⑥]。

（刘孝标注引《邴原别传》）

【注释】

①书舍：学堂。
②恻然：伤感、同情的样子。
③苟：如果。
④资：学费。
⑤洽闻：见闻广博。
⑥金玉其行：具有像金玉一样的美好品行。

【译文】

邴原字根矩，北海朱虚人。他从小就失去了父亲，在年龄还很小的时候，有一次他经过学堂，不禁哭泣起来。老师问他说：“你这孩子为什么哭啊？”邴原回答说：“凡是能够有机会学习的人，是因为他有亲人。我一是希望他们不要像我一样变成没有父亲的孩子，二是羡慕他们得到了学习的机会，所以心中伤感，不觉哭了起来。”老师非常同情地说：

"如果你要学习的话，可以不交学费。"于是邴原开始了自己的学业。长大成人后，他博览群书，无所不知，而且培养了像金玉一样的美好品行。

点评

魏晋时代的人物品藻，常常使用比喻式的辞令。在这里，公孙度以翱翔云天、皎洁如雪的白鹤比喻人格纯美、学识渊博的邴原，准确地表达出了这位名士的精神特质，其取喻新颖，富有诗意，令人玩味。

兄弟忧乐

戴安道既厉操东山[1]，而其兄欲建式遏之功[2]。谢太傅曰[3]："卿兄弟志业[4]，何其太殊？"戴曰："下官不堪其忧[5]，家弟不改其乐。"

（《栖逸》）

【注释】

①戴安道：戴逵（326～396），字安道，晋谯（qiáo）郡铚（zhì）县（今安徽宿县西南）人。后移居会稽剡县（今浙江嵊州）。著名艺术家、隐士，具有多方面的造诣。其兄名戴逯。 厉操：磨砺节操，指隐居。

②式遏：语出《诗经·大雅·民劳》"式遏寇虐"，本指遏止强盗的掠暴，泛指抵御侵略，保卫边疆。

③谢太傅：即谢安，参见"中年哀乐"条注①。

④志业：志向，事业。

⑤下官：谦词，下级官吏对上级的自称，犹言卑职。

【译文】

戴安道在东山归隐了，而他的兄长却想为国家建立功业。谢太傅对戴逯说："你们兄弟的志向、事业，为什么有这么大的差别呢？"戴逯说："下官受不了那种忧苦，家弟却不能改变那种快乐。"

扩展阅读

子曰[①]："贤哉，回也[②]！一箪食[③]，一瓢饮[④]，在陋巷[⑤]，人不堪其忧，回也不改其乐。贤哉，回也！"

（宋·蔡节编《论语集说》卷三《公冶长第五》）

【注释】

①子：孔子（前551~前479），名丘，字仲尼。春秋鲁国陬邑（今山东曲阜）人。儒家学派的创立者。我国古代伟大的教育家和思想家。

②回：颜回，孔子著名弟子之一。

③箪（dān）：盛粮食用的器皿。

④瓢：盛水用的器具。

⑤陋巷：破旧的街巷。

【译文】

孔子说："贤德呀，颜回！一箪饭，一瓢水，居住在破旧的街巷，他人不堪忍受那种忧苦，颜回却不改他的快乐。贤德呀，颜回！"

点 评

人生的快乐与痛苦都是相对的。一件事对一个人是快乐，对另外一个人也可能就是痛苦，反之亦然。因此，在人生的道路上，人们往往有不同的选择，这是合情合理、无可厚非的。戴逵喜欢隐居，戴逯却愿意为官；颜回以箪食瓢饮、身居陋巷为乐，他人却以此为忧。这是由不同的价值观所决定的。不同的价值观，都有其存在的价值，只要无害于人就好。

口不言钱

王夷甫雅尚玄远①，常嫉其妇贪浊②，口未尝言“钱”字。妇欲试之，令婢以钱绕床，不得行。夷甫晨起，见钱阂行③，呼婢曰：“举却阿堵物④！”

（《规箴》）

【注释】

①王夷甫：王衍（256～311），字夷甫，晋琅邪临沂（今山东临沂）人。西晋著名清谈家。官职显赫，位登三公，在西晋后期深有影响。　雅尚：雅，素来、一向；尚，崇尚、推崇。　玄远：玄奥幽远的道理。

②嫉：憎恶。

③阂（hé）：阻碍。

④阿堵：这、这个，晋人的口语词。

【译文】

王夷甫素来崇尚玄奥之理，常常憎恶他妻子的贪婪、恶浊，他嘴里从来不说“钱”字。他妻子想要考验他，就叫丫鬟用钱把他的床围起来，让他难以行走。王夷甫早晨起床，看见满地的钱阻碍自己走路，就招呼丫鬟说：“把这些东西给我全部清除！”

扩展阅读

晋人王衍者口不言钱，而指以为阿堵物。臣窃笑之，以为此乃奸人故为矫亢[①]，盗虚名于暗世也[②]。何则？使颜、闵言钱[③]，不害为君子；盗跖呼阿堵物[④]，岂免为小人哉？晋人尚清谈而废实务[⑤]，大抵皆类此矣。

（宋·秦观《淮海集》卷一五《进策·财用上》）

【注释】

①矫亢：矫，矫情、虚假；亢，高亢、高昂。

②暗世：黑暗、混乱的社会。

③颜、闵：颜渊、闵子骞，孔子的两个弟子，以德行著称，春秋时代的贤人。

④盗跖（zhí）：春秋时代的大盗，被认为是恶人的代表。

⑤清谈：一种以探讨道家玄学和儒家经义为主要内容，并且讲究语言和修辞技巧的学术社交活动。 实务：实际事务。

【译文】

晋人王衍口不说“钱”字，而用“阿堵物”指称它。臣下暗中发笑，认为这是邪恶的人故意制造矫情、高亢之举，在乱世中盗窃虚名。为什么这样说？即使颜渊、闵子骞谈“钱”，也并不妨碍他们做君子；盗跖喊“阿堵物”，难道就可以免除当小人吗？晋人崇尚清谈而废弃了实际的事务，大致都是如此。

点评

王衍口不言钱，确实不近人情。当时许多崇尚玄远的玄学家以超脱现实相标榜，喜欢书空望远，不务实际，乱发议论，确实是很不好的；但是，与那些“贪浊”之辈相比，他们的确不失为文化上的“清流”，从这个意义上讲，他们又有许多可取的地方。

剡溪访友

王子猷居山阴[①]，夜大雪，眠觉，开室命酌酒，四望皎然。因起彷徨，咏左思《招隐诗》[②]，忽忆戴安道[③]。时戴在剡[④]，即便夜乘小船就之。经宿方至，造门不前而返[⑤]。人问其故，王曰："吾本乘兴而行，兴尽而返，何必见戴！"

（《任诞》）

【注释】

①王子猷：即王徽之。　山阴：会稽郡山阴县（今浙江绍兴）。王子猷弃官东归，隐居于此。

②左思：参见"左思作赋"条注①。　《招隐诗》：左思的

代表作之一，描写隐居的生活，见《昭明文选》卷二二。
③戴安道：戴逵，参见“兄弟忧乐”条注①。
④剡：剡县，今浙江嵊州，有剡溪通往山阴。
⑤造门：到门。

【译文】

王子猷隐居在山阴。夜晚下大雪，他睡醒后，打开房门，命仆人拿酒来饮。他四下眺望，一片皎洁，于是起身徘徊，吟诵左思的《招隐诗》。他忽然想起戴安道，当时戴安道住在剡县，他马上连夜乘船去拜访他。船行了一夜才到达目的地，可是到了戴家门口，他没有进去就返回了。别人问他是何缘故，王子猷说：“我本来是乘着兴致去的，兴致没了就返回来，为什么一定要见戴安道呢！”

扩展阅读

王子猷尝暂寄人空宅住，便令种竹。或问：“暂住何烦尔？”王啸咏良久[①]，直指竹曰：“何可一日无此君？”

（《任诞》）

【注释】
①啸咏：且啸且咏。

【译文】

王子猷曾经暂时寄居于别人的空宅，随即命仆人种竹。有人问他：“暂时寄住，何必找这样的麻烦？”王子猷一边吹口哨，一边吟唱，如此良久，才向前指着竹子说：“怎么可以一天没有这位先生呢？”

点评

王子猷对待生活采取了一种任其自然的态度，他热爱行猎甚于收获，喜欢旅途胜过喜欢到达终点。所以，王子猷“乘兴而行，兴尽而返”。换言之，他感兴趣的是过程，而不是目的。这是一种玄学化的人生观。在这种人生观的支配下，魏晋时期的知识分子常常以唯美主义的态度对待客观事物，他们不因时间的短暂而放弃对美的欣赏，所以，即使是临时住到别人的空房子里，王子猷仍然要与青青的翠竹相依相伴，“何可一日无此君”。这真是达到了爱美的极至！

洛阳道上

潘岳妙有姿容[①]，好神情。少时挟弹出洛阳道，妇人遇者，莫不连手共萦之[②]。左太冲绝丑[③]，亦复效岳遨游，于是群妪齐共乱唾之[④]，委顿而返[⑤]。

（《容止》）

【注释】

①潘岳：参见“清言手笔”条注③。

②萦：围绕，环绕。

③左太冲：即左思，参见“左思作赋”条注①。 绝：特别，非常。

④妪（yù）：老妇。

⑤委顿：委靡，疲惫。

【译文】

潘岳姿容秀美，风神优雅。在少年时代，他携带着弹弓走在洛阳道上，遇到他的妇女常常手拉手地一起围住他。左太冲非常丑陋，也效仿潘岳遨游，于是妇女们就一起向他乱吐唾沫，弄得他垂头丧气地返回了。

扩展阅读

王仲祖有好仪形[①]，每览镜自照曰："王文开那生如馨儿[②]？"时人谓之达也[③]。又酷贫，帽败，自以形美，乃入帽肆[④]，就帽妪戏，而得新帽。

（《裴启语林》一二七）

【注释】

①王仲祖：王濛（309？～347？），晋太原晋阳（今山西太原）人。曾任司徒左长史等职。其父王讷，字文开。 仪形：风度，外表。

②如馨：晋人口语，意为如此、这样。

③达：放达。

④帽肆：卖帽子的商店。

【译文】

王仲祖有美好的容貌和风度，常常对镜自照说："王文开怎么能够生出这样一个儿子？"当时的人称之为放达。他家里特别贫寒，帽子坏了，他因为自己长得漂亮，就钻进卖帽子的商店，与卖帽子的老婆婆在一起玩耍，因而得到了一顶新帽。

点评

晋人自觉地追求容止之美，所以美男子和丑男子都去洛阳道上遨游，而王濛这位孤芳自赏的名士也特别有趣味。他的放达，一方面表现为直接呼唤父亲的名字，因为当时的人特重避讳；另一方面表现为对自己容貌的赞美。他以自己的美貌征服了帽店的女主人，获得"免费赠送"的优待，可见他确实是很有魅力的。

早慧

阿奴劝兄

谢奕作剡令[①]，有一老翁犯法，谢以醇酒罚之[②]，乃至过醉而犹未已。太傅时年七八岁[③]，著青布绔[④]，在兄膝边坐，谏曰[⑤]：“阿兄，老翁可念[⑥]，何可作此！”奕于是改容曰：“阿奴欲放去邪[⑦]？”遂遣之。

（《德行》）

【注释】

①谢奕（？~358）：字无奕，晋陈郡阳夏（今河南太康县）人。谢安之兄。历任剡县县令、豫州刺史等职。　剡：剡县。　令：县令，主持一县的行政长官。

②醇（chún）酒：度数很高的酒。

③太傅：指谢安，参见“中年哀乐”条注①。
④著：穿着。　绔：同“裤（kù）”。
⑤谏：劝说。
⑥念：怜悯，同情。
⑦阿奴：尊长者对卑幼者的昵称。

【译文】

谢奕在担任剡县县令的时候，有一位老汉犯了法，谢奕就用醇酒惩罚他，以至酩酊大醉，还不停罚。谢安当时只有七、八岁，穿一条黑布裤，在哥哥膝上坐着，劝说道：“阿哥，老人家多么可怜，怎么能这样对待他！”谢奕的脸色于是就缓和下来，说：“你想把他放走吗？”就把老人打发走了。

扩展阅读

张苍梧是张凭之祖[①]，尝语凭父曰：“我不如汝。”凭父未解所以，苍梧曰：“汝有佳儿。”凭时年数岁，敛手曰[②]：“阿翁！讵宜以子戏父[③]？”

（《排调》）

【注释】

①张苍梧：名镇，字义远，三国东吴吴郡（今江苏苏州）人。曾任苍梧太守。　张凭：字长宗。晋吴郡人。曾任太常博士等职。
②敛手：拱手，表示恭敬。
③讵（jù）：岂，难道。

【译文】

张苍梧是张凭的祖父，他曾经对张凭的父亲说：“我不如你。”张凭的父亲不懂是何缘故，张苍梧说：“你有个出色的儿子。”当时张凭只有几岁，拱手说道：“爷爷，怎么可以用儿子来开父亲的玩笑！”

点 评

孩子的天性是善良、纯真的。谢安对兄长的规劝和张凭对祖父的批评，都足以说明这一点。而相比之下，他们所面对的长辈却显得有点“残酷”和“少礼”了！

孺子论月

徐孺子年九岁[①]，尝月下戏，人语之曰："若令月中无物[②]，当极明邪[③]？"徐曰："不然。譬如人眼中有瞳子，无此必不明。"

（《言语》）

【注释】

①徐孺子：徐稚（97～168），字孺子，东汉豫章南昌（今江西南昌）人。以隐居不仕闻名。

②物：指人物和事物。我国古代神话传说，月亮里有嫦娥、玉兔、寒蟾和桂树等等。

③邪：同"耶"。

【译文】

徐孺子九岁时，有一次在月光下玩耍，有人对他说："如果月亮上什么都没有，会更加明亮吧？"徐孺子说："不是这样。如同人的眼睛里有眼珠，没有这个，一定不会明亮。"

扩展阅读

无家对寒食[①]，有泪如金波[②]。斫却月中桂[③]，清光应更多。仳离放红蕊[④]，想像嚬青蛾[⑤]。牛女漫愁思，秋期犹渡河[⑥]。

（唐·杜甫《一百五日夜对月》[⑦]，宋·蒲积中编《岁时杂咏》卷一一《寒食上·古诗》）

【注释】

①寒食：节令名，清明前一天（一说清明前两天）。相传起于晋文公悼念介之推事，以介之推抱木焚身而死，就确定这一天禁火寒食。

②金波：形容月光浮动，因亦即指月光。

③斫（zhuó）却：砍掉。

④仳（pǐ）离：别离。旧时特指妇女被遗弃而离去。 红蕊（ruǐ）：红花。蕊，花苞。

⑤嚬（pín）：同"颦"，皱眉。 青蛾：旧时女子用青黛画的眉。

⑥"牛女"二句："牛女"，牛郎、织女。这里描写的是关于牛郎、织女的神话传说。

⑦《一百五日夜对月》：杜甫这首诗作于至德二载（757）寒食节，当时诗人身在长安（今陕西西安），正值"安史之乱"。《荆楚岁时记》载："去冬至一百五日，即有疾风甚雨，谓之寒食。"诗人不说寒食对月，而说一百五日，是由于去年冬至离妻出门，今计算其时日，足见离家之久与念妻之情。

【译文】

无家之人独对寒食节，泪水涟涟如同月涌金波。如果砍掉月中的桂树，皎洁的月光将会更多更多。红花绽放的时节却与妻子分离，只能在想象之中紧蹙双眉。牛郎、织女愁思漫漫，相期金秋渡过银河。

点 评

徐孺子的妙喻闪烁着智慧的光芒，而大诗人杜甫在他的这首怀妻之作中巧妙地化用了《世说》的这个故事。"斫却月中桂，清光应更多"，这富于想象力的诗句正是"若令月中无物，当极明邪”的同意翻版。皎洁的月光洒遍人寰，照耀着诗人，也照耀着诗人朝思暮想、身在远方的妻子。最后两句牛郎和织女七夕相会的神话故事将这首诗推向了高潮，诗人的脉脉深情也融入了明月、秋河之中！

小时了了

孔文举年十岁[①]，随父到洛。时李元礼有盛名[②]，为司隶校尉[③]。诣门者[④]，皆俊才清称及中表亲戚乃通[⑤]。文举至门，谓吏曰："我是李府君亲[⑥]。"既通，前坐。元礼问曰："君与仆有何亲[⑦]？"对曰："昔先君仲尼与君先人伯阳有师资之尊[⑧]，是仆与君奕世为通好也[⑨]。"元礼及宾客莫不奇之。太中大夫陈韪后至[⑩]，人以其语语之，韪曰："小时了了[⑪]，大未必佳。"文举曰："想君小时，必当了了。"韪大踧踖[⑫]。

（《言语》）

【注释】

①孔文举：孔融（153～208），字文举。东汉末鲁国（今山东曲阜）人。孔子二十世孙。著名文学家。历任北海相、少府、太中大夫等职。

②李元礼：即李膺，参见"一世龙门"条注①。

③司隶校尉：官名，掌管监察京师和所属各郡百官的职权。

④诣（yì）：到。

⑤清称：有名望的人。　中表：指与姑、姨、舅子女之间的亲戚关系。

⑥府君：参见"礼贤下士"条注⑦。

⑦仆：我，谦称。

⑧先君：祖先，与“先人”同意。 仲尼：参见“兄弟忧乐”条“扩展阅读”注①。 伯阳：老子，姓李，名耳，字伯阳。春秋战国时代楚苦县人。著有《老子》（即《道德经》）一书。 师资：师。孔子曾向老子请教过礼制方面的问题。

⑨奕世：累世，世世代代。

⑩太中大夫：官名，掌管论议之事。 陈韪（wěi）：《三国志》《后汉书》作“陈炜”，生平事迹不详。

⑪了了：聪明，明白通晓。

⑫踧踖（cùjí）：局促不安的样子。

【译文】

孔文举十岁时，随父亲到洛阳。当时李元礼名望很高，担任司隶校尉。登门拜访的人，必须是才子、名流和内外亲属，才得以通报。孔文举来到他家门前，对掌门小吏说：“我是李府君的亲戚。”经通报后，文举入门就坐，元礼问道：“您和我有什么亲戚关系呢？”他回答说：“古时候我的祖先仲尼曾经拜您的祖先伯阳为师，这样看来，我和您就是世交而有通家之好了。”李元礼和宾客们对他的答辞没有不惊奇的。太中大夫陈韪后到，别人就把孔文举的话告诉他，陈韪说：“小时候聪明伶俐，长大了未必出众。”文举应声说：“您小时候，想必也是很聪明的了。”陈韪听了，感到非常尴尬。

扩展阅读

寄字次安[①]，少聪敏。年数岁，客有造其父[②]，遇寄于门，嘲曰：“郎子姓虞，必当无智[③]。”寄应声曰：“文字不辨，岂得非愚！”客大惭。入谓其父：“此子非常人，文举之对，不是过也[④]。”

（《南史》卷六九《虞荔传》附《虞寄传》）

【注释】

①虞寄：南朝梁代人。好学善属文，性冲静。历任梁宣城王国左常侍等职。父亲虞检曾担任平北始兴王咨议参军。

②造：造访，拜访。

③“郎子”句：“愚”是“虞”同音字，所以客人这样开玩笑。

④是：此，指虞寄的应对能力。　过：超过。

【译文】

虞寄字次安，从小就非常聪明。他很小时，有一位客人登门拜访他的父亲，在门口碰到了虞寄，便开玩笑说：“这个小男孩姓虞，肯定没有智慧。”虞寄应声回答说：“连文字都分辨不清，难道还不是愚吗！”客人大为羞惭。进门后对虞寄的父亲说：“这个孩子不是一般的人，当年孔文举的应对也不能超过他呀。”

点评

小孔融从孔子与老子的关系出发，来论证自己与大名人李膺有世代通好之谊，这已经显示了不凡的智慧；随后又采取以子之矛攻子之盾的策略，使陈韪无地自容，就更加令人叹服。从现代形式逻辑学的角度看，陈氏所说的“小时了了，大未必佳”是一个判断句，“小时了了”为其“前件”，“大未必佳”为其“后件”。肯定“前件”，即等于肯定“后件”；孔融说陈氏“想君小时，必当了了”，则“君”之“大未必佳”之意自然见于言外。陈韪作茧自缚，又遭此重创，不仅无力反驳，而且难以脱身了。于是，天才少年孔融的形象便跃然纸上。而被虞寄嘲讽的客人所说的“文举之对”就是指孔融的这个故事，由此可见，即使到了南朝时代，人们对孔融的才智也仍然是非常推重的。

覆巢之下

孔融被收[1]，中外惶怖[2]。时融儿大者九岁，小者八岁，二儿故琢钉戏[3]，了无遽容[4]。融谓使者曰：“冀罪止于身[5]，二儿可得全不？”儿徐进曰：“大人岂见覆巢之下[6]，复有完卵乎[7]？”寻亦收至[8]。

（《言语》）

【注释】

①孔融：参见“小时了了”条注①。　收：逮捕。孔融于公元 208 年被曹操杀害。

②中外：指朝廷内外。

③琢钉戏：古时的一种儿童游戏。

④遽容：恐惧的表情。

⑤冀：希望。

⑥大人：对父亲的敬称。

⑦完：完整。

⑧寻：不久，随即。

【译文】

孔融被逮捕，朝廷内外一片惊恐。当时，孔融的儿子大的九岁，小的八岁，两个孩子依旧玩摔钉子的游戏，没有任何恐惧之色。孔融对差役说：“希望罪过由我一个人来承担，两个孩子能否保全下来呢?”儿子缓缓地上前说:“父亲大人是否看见过在被打翻的鸟巢下面还有完整的鸟蛋呢?”不久,两个儿子也被逮捕了。

扩展阅读

王戎七岁[①],尝与诸小儿游。看道边李树多子折枝,诸儿竞走取之,唯戎不动。人问之,答曰:“树在道边而多子,此必苦李。”取之信然[②]。

(《雅量》)

【注释】

①王戎:参见“圣人之情”条“扩展阅读”注①。

②信然,确实如此。

【译文】

王戎七岁时,曾经和小朋友们在一起游玩。看见道边的李树结满了果实,树枝都被人折断了,孩子们争先恐后,奔过去摘李子,只有王戎一人不动。别人问他为什么这样,他回答说:“李树长在道边,果实却很多,这肯定是苦李。”拿过来一吃,确实如此。

点 评

孔融之二子与小王戎都是非常聪明的孩子。惟其聪明,所以他们的表现就与一般孩子迥然不同。在通常的情况下,当危险临近或者好事来临时,多数儿童都会马上表现出惊恐或者惊喜的情绪而难以自抑。但是,这三个孩子却具有很强的乃至成年人也少有的理性。尤其是孔融之二子,他们面对即将降临的屠戮之厄,仍然从容地玩游戏,在生命的余晖中淋漓尽致地展现他们的天真与纯洁，真是催人泪下，令人惋惜。而“覆巢之下，复有完卵乎”这一句深刻、精警的喻辞更表现了两个孩子的不凡智慧。王戎的聪明之举也说明，在做一件事情之前，应该认真思考，而不能随波逐流，盲从他人。

汗与不汗

钟毓[①]、钟会少有令誉[②]，年十三，魏文帝闻之[③]，语其父钟繇曰[④]："可令二子来！"于是敕见[⑤]。毓面有汗，帝曰："卿面何以汗？"毓对曰："战战惶惶[⑥]，汗出如浆。"复问会："卿何以不汗？"对曰："战战栗栗，汗不敢出。"

（《言语》）

【注释】

①钟毓（yù）（？～263）：字稚叔。钟繇长子。历任散骑侍郎、车骑将军等职。

②钟会：参见"匿名求学"条"扩展阅读"注①。 令誉：

美好的声誉。

③魏文帝：曹丕（187～226），字子桓，三国魏沛国谯（今安徽亳州）人，曹操次子。公元220年称帝。

④钟繇（yáo）（151～230）：字元常，汉末颍川长社（今河南长葛）人。历任相国等职。著名书法家。

⑤敕：命令。

⑥战战惶惶：害怕得发抖，与“战战栗栗（lì）”的意思差不多。

【译文】

钟毓、钟会兄弟俩少年时代就有美好的声誉，钟毓十三岁时，魏文帝听说他们的情况，便对他们的父亲钟繇说：“可以让两个儿子来见我！”于是下令接见他们。钟毓脸上有汗，文帝问道：“你为什么出汗？”钟毓回答道：“战战惶惶，汗出如浆。”文帝又问钟会：“你为什么不出汗？”钟会回答说：“战战栗栗，汗不敢出。”

扩展阅读

钟毓兄弟小时，值父昼寝，因共偷服药酒[①]。其父时觉，且托寐以观之[②]。毓拜而后饮，会饮而不拜。既而问毓何以拜，毓曰：“酒以成礼，不敢不拜。”又问会何以不拜，会曰：“偷本非礼，所以不拜。”

（《言语》）

【注释】

①药酒：魏晋人喜好服用一种中药散剂“五石散”，服后需借酒力发散药性。

②托寐（mèi）：假装睡着了。

【译文】

钟毓兄弟俩小时，有一次正碰上父亲白天睡觉，趁机一起去偷药酒喝。父亲这时已经睡醒了，姑且装睡以便观察他们。钟毓行过礼后才喝酒，钟会只顾喝酒，而不行礼。过了一会儿，他父亲起来问钟毓为什么行礼，钟毓说："酒是礼仪用品，所以我不敢不行礼。"又问钟会为什么不行礼，钟会说："偷的行为本来就不合于礼，所以我就不行礼。"

点评

钟氏兄弟的个性有很大差异。对同一问题的理解程度和处理方式也大为不同。他们的言辞幽默风趣，显示了不凡的智慧。而孩子的真诚、善良和机敏也由此充分展现出来了。

泣与不泣

张玄之[①]、顾敷是顾和中外孙[②]，皆少而聪惠，和并知之，而常谓顾胜。亲重偏至[③]，张颇不恹[④]。于时，张年九岁，顾年七岁。和与俱至寺中。见佛般泥洹像[⑤]，弟子有泣者[⑥]，有不泣者。和以问二孙。玄谓："被亲故泣，不被亲故不泣。"敷曰："不然。当由忘情故不泣[⑦]，不能忘情故泣。"

（《言语》）

【注释】

①张玄之：即张玄，字祖希。东晋人。历任吏部尚书、吴兴太守等职。

②顾敷：字祖希。东晋人。仕至著作郎。　顾和（285～351）：字君孝，吴郡吴（今江苏苏州）人。历任左光禄大夫、仪同三司、尚书令等职。去世后被追赠为司空。他是东晋名臣之一。　中外孙：孙子和外孙。

③偏至：偏向。

④不恹（yān）：不平静，不满意。

⑤般泥洹（huán）：梵语，即"涅槃（nièpán）"，佛教所说的超脱烦恼而进入极乐的境界。后来僧人去世也称为"涅槃"。

⑥弟子：指佛的弟子，佛在去世前有诸多弟子围绕、侍候。

这说明这里的佛像是一座群体造像。

⑦忘情：无动于衷。

【译文】

张玄之和顾敷是顾和的外孙和孙子，两人小时候都非常聪明。顾和对他们都很了解，而常常说顾敷略胜一筹，所以就特别偏爱他。玄之对此非常不满。当时玄之九岁，顾敷七岁。一次，顾和带他们一同到庙里去，看见卧佛像，佛祖的弟子有的哭，有的不哭。顾和就问两个孙子为什么会有这种情况。玄之说："得到佛祖的宠爱就哭，没有得到宠爱就不哭。"顾敷说："不对。应该是因为忘情，所以不哭，不能忘情，所以才哭。"

扩展阅读

庾公尝入佛图[①]，见卧佛[②]，曰："此子疲于津梁[③]。"于时以为名言。

（《言语》）

【注释】

①庾公：即庾亮，参见"割席分坐"条"扩展阅读"注③。佛图：即寺庙。

②卧佛：据佛经记载，佛祖释迦牟尼去世前背痛，故在两棵树中间北首侧身而卧。这里指侧身而卧的释迦牟尼像。这是古代常见的佛教艺术造像之一。

③津梁：摆渡架桥，比喻佛说法接引，普渡众生。

【译文】

庾公曾经进入佛寺，看见卧佛像，说："这位先生已经为导引众生而疲惫不堪了。”当时的人都认为这是名言。

点评

在卧佛寺中，两个孩子各自从自己的境遇出发来回答“一身二任”的老人顾和的提问，解释佛祖弟子在佛祖临终之际为何会有不同的表现。相对而言，张玄之语比较肤浅，比较世俗化；而顾敷之语则比较深刻，富于哲理的情思。在六朝时代，人与情的关系，是哲学家们经常讨论的话题。他们都有过人的聪明与才智，所以都善于借题发挥，表达个性。而庾公的名言，则视佛祖如同一位诲人不倦的教书先生，虽然他对佛祖说法、导引众生的辛苦颇有解会，但是，佛祖的神圣光芒却在他的“名言”里黯然失色了。这表明当时的知识分子对佛所具有的态度与后来是大不相同的。

家果家禽

梁国杨氏子九岁①，甚聪惠。孔君平诣其父②，父不在，乃呼儿出。为设果，果有杨梅。孔指以示儿曰："此是君家果。"儿应声答曰："未闻孔雀是夫子家禽③。"

（《言语》）

【注释】

①梁国：地名，在今河南商丘以南。

②孔君平：孔坦，字君平。晋会稽山阴（今浙江绍兴）人。少方直，有雅望。历任廷尉、侍中等职。

③夫子：古代对男子的尊称，用于对称或他称。

【译文】

梁国杨氏有一个九岁的儿子，非常聪明。一次孔君平登门拜访他的父亲，他父亲不在，家里人便叫儿子出来接待。给孔君平摆上水果，水果里面有杨梅。孔君平指着杨梅给小男孩看，说："这是你家的果子。"男孩应声答道："从没听说孔雀是您家的鸟。"

扩展阅读

（绘）性通悟，出为南康相①，郡人有姓赖，所居名秽里，刺谒绘②，绘戏嘲之曰："君有何秽，而居秽里？"此人应声曰："未审孔丘何阙[3]，而居阙里[4]?”绘默然不答，亦无忤意[5]，叹其辩速[6]。

(《南史》卷三九《刘绘传》)

【注释】

①南康：郡名，晋太康三年（282）设置，治所在今江西于都东北一带。 相：官职名。

③刺：名片，这里指递上名片。

③审：察知，知道。 孔丘：即孔子。 阙：通“缺”，缺点。

④阙里：地名，孔子讲学的地方，在今山东曲阜。

⑤忤（wǔ）意：遭到冒犯的表情。

⑥辩速：善辩，口头反应快。

【译文】

刘绘性格通朗，悟性好，曾经出任南康相。南康郡里有一个人姓赖，其居住地名为秽里。一天，此人带着名片来拜见刘绘，刘绘便开玩笑，嘲弄他说：“您有何污秽，而住在秽里?”这个人应声回答说：“不知道孔丘有什么缺点，而住在阙里?”刘绘默然无语，不仅没有忤逆之意，反而对他机敏善辩表示欣赏。

点评

杨梅的“杨”和姓杨的“杨”，孔雀的“孔”和姓孔的“孔”，字、音皆相同，所以，杨氏子和孔君平都巧妙地利用了这一点，从而构成一段妙趣横生的问答。杨氏子的答辞显然是这个故事的核心。他的聪明、机智和富有才华，由此而跃然纸上。而刘绘与赖先生的问答，与此如出一辙，可谓异曲同工。六朝时代，真是一个洋溢着智慧的时代啊！

齐由齐庄

孙齐由、齐庄二人小时诣庾公[①]。公问齐由何字。答曰："字齐由。"公曰："欲何齐邪？"曰："齐许由[②]。""齐庄何字？"答曰："字齐庄。"公曰："欲何齐？"曰："齐庄周[③]。"公曰："何不慕仲尼而慕庄周[④]？"对曰："圣人生知[⑤]，故难企慕[⑥]。"庾公大喜小儿对。

（《言语》）

【注释】

①孙齐由：孙潜（？～397?），字齐由，晋太原中都（今山西平遥县）人。孙盛长子。仕至豫章太守。　齐庄：孙放，字齐庄。孙盛次子。仕至长沙王相。　庾公：即庾亮，参见"割席分坐"条"扩展阅读"注③。

②许由：传为尧帝时人。隐居于箕（jī）山，尧以天下让之，不受；复请为九州长，许由以为这是污染自己的耳朵，于是洗耳于颍水之滨。世人视之为清隐不仕的楷模。

③庄周（约前369～前286）：战国宋蒙（今安徽蒙城）人。曾为漆园吏。相传楚威王重其名，迎以为相，辞不就。著有《庄子》一书。为道家学派创始人之一。

④仲尼：孔子，字仲尼。

⑤圣人生知：圣人，指才德最高的人。《论语·季氏》："生而知之者，上也；学而知之者，次也。"生知，不学而知。

孔子是圣人，古人认为他属于生而知之者。

⑥企慕：仰慕。

【译文】

孙齐由、齐庄兄弟二人，小时候去拜见庾公。庾公问齐由的字是什么。回答说："字齐由。"庾公又问："想和谁看齐呢？"齐由说："向许由看齐。"接着又问："齐庄的字是什么？"齐庄回答说："字齐庄。"庾公问他："想和谁看齐呢？"齐庄说："向庄周看齐。"庾公问："为什么不仰慕孔子而仰慕庄周？"齐庄回答说："圣人生来就知道一切，所以难以企及。"庾公非常喜欢两个孩子的回答。

扩展阅读

孙盛为庾公记室参军[①]，从猎，将其二儿俱行[②]。庾公不知，忽于猎场见齐庄，时年七、八岁，庾谓曰："君亦复来邪？"应声答曰："所谓'无小无大，从公于迈[③]'。"

（《言语》）

【注释】

①孙盛（302？～373）：字安国，晋太原中都（今山西平遥）人。历任秘书监、给事中等职。著名学者、作家。 记室参军：官名，在将军幕府中主管文书方面的工作。

②俱：一同，一起。

③"无小"二句：《诗经·鲁颂·泮水》中的两句诗，意指无论大小臣子，都跟着鲁僖公出游。 迈，出行。此诗原意是歌颂鲁僖公征伐淮夷取得的胜利以及他的才略和美德。

【译文】

孙盛担任庾公记室参军时，曾经随他去打猎，同时带着自己的两个儿子一同前往。庾公不知此事，忽然在猎场上看见了齐庄，当时这孩子只有七、八岁，庾公便问他说："你也来了吗?"齐庄应声回答说："正如《诗经》中所说的'无小无大，从公于迈'。"

点评

六朝人的名字，常常与古代的贤人、高士的名字有关。而父辈和祖辈在给子孙命名的时候，也往往寄托了自己的人生理想以及对子孙后代的希望。孙盛二儿的字，反映了当时的世族社会推重隐逸的风气。他们对自己名字的文化含义是了然于心的，所以能够很好地回答庾公的提问。六朝知识分子喜欢清谈，故当时老庄之学如日丽中天，在这一文化背景下，作为清谈名士的庾公当然对齐庄的回答就更为看重一些。然而清谈之学非学识深厚者难以窥其门径，如果在这方面有所造诣，不仅要熟读老庄之书，还必须通晓儒学典籍。孙齐庄在猎场上的即兴赋《诗》，称引古义，就反映了当时学术界读书的风气。

君子病疟

中朝有小儿[①]，父病，行乞药。主人问病，曰："患疟也。"主人曰："尊侯明德君子[②]，何以病疟？"答曰："来病君子，所以为疟耳。"

（《言语》）

【注释】

①中朝：指西晋。西晋王室及士人南渡后，称西晋为中朝。

②尊侯：尊称对方的父亲。　明德：美德。语出《大学》："大学之道，在明明德。"

【译文】

西晋时，有一个小孩儿，父亲病了，他外出讨药。药店的主人询问患者的病情，他说："是患疟疾。"主人问："令尊大人是一位品行高洁的君子，怎么会患疟疾呢？"小孩儿回答说："正因为它来祸害君子，所以才是疟鬼！"

扩展阅读

疟鬼小，不能病巨人，故曰壮士不病疟。晋人曰君子不病疟，蜀人以痎疟为奴婢疟[①]。

（宋·李石《续博物志》卷一〇）

【注释】

①痎（jiē）疟：古书上指一种疟疾。　奴婢疟：古人传说为奴仆一类的人患的疟疾。

【译文】

疟鬼长得小，不能使高大的人染病，所以说壮士不得疟疾。晋人说君子不患疟疾，四川人把痎疟当作奴婢患的疟疾。

点　评

古代传说行疟的是疟鬼，疟鬼形体极小，不敢使贤德之人或高大之人得病，所以药店的主人才这样向前来求药的孩子发问。实际上，这样提问是有调侃之意的。但是，这个孩子非常聪明，他说："正因为它来祸害君子，所以才是疟鬼！"这样就赋予了世俗间关于疟鬼的传说以一种新的意义，同时，也郑重声明了自己父亲之为"君子"这样一个确凿无疑的事实。孩子的机敏、聪慧给人留下了深刻的印象。

无信无礼

陈太丘与友期行[①]，期日中[②]，过中不至，太丘舍去，去后乃至。元方时年七岁[③]，门外戏。客问元方："尊君在不[④]？"答曰："待君久不至，已去。"友人便怒，曰："非人哉！与人期行，相委而去[⑤]。"元方曰："君与家君期日中。日中不至，则是无信；对子骂父，则是无礼。"友人惭，下车引之[⑥]，元方入门不顾。

（《方正》）

【注释】

①陈太丘：陈寔（shì）（104～187），字仲弓，东汉颍川许昌（今河南许昌）人。曾任太丘长，故人称"陈太丘"。期行：约定外出。

②日中：中午。

③元方：陈纪，字元方，东汉颍川许昌（今河南许昌）人。陈寔长子。曾任尚书令等职。

④尊君：令尊大人。

⑤委：扔下。

⑥引：拉，扯。

【译文】

陈太丘和朋友相约一同外出，约定中午出发，可过了中午，朋友还没有来，陈太丘便不再等他，自己先走了。在他走了以后，那位朋友才赶到。当时陈元方才七岁，正在门外玩耍。客人问元方："令尊在家吗？"元方回答说："他一直在家中等您，可您迟迟不到，所以就先走了。"友人非常生气，说："真不是人呀！和别人约好一同外出，却扔下我不管，自己先走了！"元方说："您与家父约定中午外出。到了中午您还不来，这是不守信用；对着人家的儿子骂人家的父亲，这是没有礼貌。"友人很惭愧，就下车来拉他。元方退入家门，不再理他。

扩展阅读

庾太尉风仪伟长[①]，不轻举止[②]，时人皆以为假。亮有大儿数岁[③]，雅重之质[④]，便自如此，人知是天性。温太真尝隐幔怛之[⑤]，此儿神色恬然[⑥]，乃徐跪曰："君侯何以为此[⑦]？"论者谓不减亮。苏峻时遇害[⑧]。或云："见阿恭，知元规非假。"

（《雅量》）

【注释】

①庾太尉：即庾亮，字元规，参见"割席分坐"条"扩展阅读"注③。　风仪：风度，仪表。　伟长：伟壮，修长。

②轻：轻于，轻易。

③亮有大儿：庾亮长子名庾彬，小名阿恭。

④雅重之质：高雅稳重的气度。

⑤温太真：温峤（288～329），字太真，晋太原祁（今山西祁县）人。历任中书令、骠骑将军等职，封始安郡公。为东晋名臣之一。　幔（màn）：帷帐。　怛（dá）：害怕，畏惧。

⑥恬然：安静、平和之状。

⑦君侯：对侯王和地方高级长官的尊称。

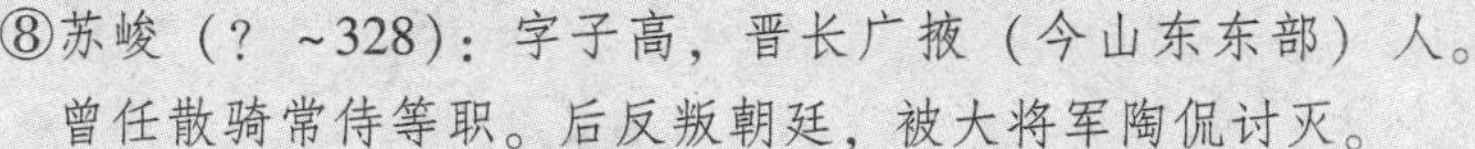

⑧苏峻（？～328）：字子高，晋长广掖（今山东东部）人。曾任散骑常侍等职。后反叛朝廷，被大将军陶侃讨灭。

【译文】

庾太尉风仪俊伟，举止稳重，当时人们都认为这是装出来的。庾亮长子虽然只有几岁，但那种高雅、稳重的气质，自然就是如此，人们知道这是他的天性。温太真曾经藏在帷帐后面吓唬他，孩子神色恬然，慢慢地跪下问道："您为什么做这样的事？"评论者认为他的气质并不逊色于庾亮。他在苏峻叛乱时被杀害了。有人说："看见阿恭，就知道元规不是装假。"

点评

元方和阿恭都是早熟的孩子，他们的精神、气质丝毫也不逊色于成年人，能够捍卫个人的尊严，并在日常生活中显示出穆然清恬的气度。"见阿恭，知元规非假。"父亲的风仪因儿子的优雅而得以证明，俗称"有其父必有其子"，又说"龙生龙，凤生凤"，在晋人看来，这一命题的逆向命题也是可以成立的。显然，这种审视方式本身就是非常有趣的。

小儿观虎

魏明帝于宣武场上断虎爪牙①，纵百姓观之。王戎七岁②，亦往看。虎承间攀栏而吼③，其声震地，观者无不辟易颠仆④，戎湛然不动⑤，了无恐色。

(《雅量》)

【注释】

①魏明帝：曹睿（206～239，一说204～239），三国魏沛国谯（今安徽亳州）人。魏文帝曹丕之子。公元227年即位，在位十四年。谥明皇帝。　宣武场：即演武场，在洛阳城北。

②王戎：参见“圣人之情”条“扩展阅读”注①。

③承间：同“乘间”，趁机。

④辟易：惊退。　颠仆：跌倒。

⑤湛然：镇静的样子。

【译文】

魏明帝在宣武场上断掉老虎的爪牙，任凭百姓观看。王戎刚刚七岁，也去看。老虎乘机攀住栅栏吼叫，其声震天动地，观众或退避，或跌倒，而王戎却一动不动，没有一点惧怕之意。

扩展阅读

秀之少孤贫[1]，有志操[2]。十许岁时，与诸儿戏于前渚[3]，忽有大蛇来，势甚猛，莫不颠沛惊呼[4]。秀之独不动，众并异焉。

（梁·沈约《宋书》卷八一《刘秀之传》）

【注释】

①秀之：刘秀之，南朝梁人。

②志操：志向，操守。

③渚：水中的小块陆地。

④颠沛：跌倒，奔走。

【译文】

刘秀之从小丧父，非常贫穷，但是他很有志向和操守。十多岁时，他曾经和小伙伴们在前边水中的小块陆地上玩耍，忽然来了一条大蛇，势头非常凶猛，孩子们纷纷跌倒、惊叫。只有刘秀之动也不动，大家对他的表现都感到惊异。

点 评

面对近在咫尺的危险，王戎和刘秀之的表现确实超越了常人。这是他们的天性，也是他们的一种修养。虽然很难做到，但我们还是应该向他们学习的。

总角问梦

卫玠总角时[①]，问乐令梦[②]，乐云："是想。"卫曰："形神所不接而梦，岂是想邪？"乐云："因也[③]。未尝梦乘车入鼠穴，捣齑啖铁杵[④]，皆无想无因故也。"卫思"因"，经日不得，遂成病。乐闻，故命驾为剖析之[⑤]，卫既小差[⑥]，乐叹曰："此儿胸中当必无膏肓之疾[⑦]！"

（《文学》）

【注释】

①卫玠（jiè）（287～313）：字叔宝，小字虎，晋河东安邑（今山西运城东北）人。著名玄学家、清谈家。曾任太子洗马等职。　总角：把头发梳成抓髻，其状如角，为古时未成年人的发式，喻指童年。

②乐令：参见"刻画无盐"条注④。

③因：沿袭，模仿。

④捣齑（jī）：把葱、蒜、姜等辛辣之物捣碎腌咸菜。　啖：吃。　杵（chǔ）：舂捣东西用的棍状工具。

⑤命驾：乘车前往。

⑥差（chài）：病愈。

⑦膏肓（gāohuāng）之疾：指重病，难以治疗的病。膏，指心尖脂肪；肓，指心脏与隔膜之间。古人认为这是药力达不到的地方。

【译文】

卫玠小时候问乐令做梦是怎么回事，乐令说是因为心有所想。卫玠说："身体和精神都不曾接触过的事物也会在梦中出现，这难道也是心有所想的缘故吗？"乐令说："这是因为沿袭过去的经验。人们不曾梦见坐车进老鼠洞，或者拿着捣碎的齑菜去喂铁杵，这都是因为人们通常没有这样的想法，没有这样可模仿的先例的缘故。"卫玠便成天思考"因"的问题，也得不出答案，因而生了病。乐令听说这个消息，特意乘车登门为他剖析这个问题。在卫玠的病情稍有好转之后，乐令感叹说："这个孩子胸中一定不会得不治之症！"

扩展阅读

人有问殷中军[①]："何以将得位而梦棺器[②]，将得财而梦矢秽[③]？"殷曰："官本是臭腐，所以将得而梦棺尸；财本是粪土，所以将得而梦秽污。"时人以为名通。

（《文学》）

【注释】

①殷中军：即殷浩，参见"穷猿奔林"条注②。

②位：官位，官职。

③矢：通"屎"。古人认为，梦境与现实正好相反，故有此问。

【译文】

有人问殷中军："为什么将要得到官职就梦见棺材，将要得到钱财就梦见粪便？"殷中军回答说："官职本来就是腐臭之物，所以将要得到它时就梦见棺材尸体；钱财本来就是粪土，所以将要得到它时就梦见污秽的东西。"当时的人认为这是名言通论。

点评

卫玠对梦的思索，体现了一种“爱智的热情”，即对智慧的追求，是极为难能可贵的。而梦的问题，在我国古代社会实际上是受到普遍关注的。对同样的梦，人们往往有不同的解释，这与现代心理学对梦的解析也是颇为相似的。

日远日近

晋明帝数岁[①]，坐元帝膝上[②]。有人从长安来[③]，元帝问洛下消息[④]，潸然流涕[⑤]。明帝问何以致泣[⑥]，具以东渡意告之[⑦]。因问明帝："汝意谓长安何如日远？"答曰："日远。不闻人从日边来，居然可知。"元帝异之。明日，集群臣宴会，告以此意，更重问之。乃答曰："日近。"元帝失色，曰："尔何故异昨日之言邪？"答曰："举目见日，不见长安。"

（《夙惠》）

【注释】

①晋明帝：即司马绍。晋元帝司马睿之子。公元 323 ~ 326 年在位。

②元帝：即晋元帝司马睿。公元 316 年西晋灭亡。次年司马睿在建康（今江苏南京）重建政权，是为东晋。在位六年。

③长安：古城名，故地在今陕西西安西北。东晋初年，长安已经沦陷于少数民族之手。

④洛下：指洛阳，即今河南省洛阳市，西晋首都。

⑤潸（shān）然：泪流满面的样子。

⑥致泣：导致哭泣。

⑦具：详细。　东渡：参见"郗公名德"条注⑤。

【译文】

晋明帝才几岁，坐在晋元帝膝上。有人从长安来，元帝询问洛阳的情况，不觉潸然泪下。明帝问他为什么哭泣，元帝就把东渡之意详细地告诉了他，于是问明帝："你认为长安和太阳相比，哪个更远？"明帝回答说："太阳远。没听说过有人从太阳边上来，由此可以推知。"元帝对孩子的话感到非常惊奇。次日，元帝召集群臣宴会，就把这件事告诉了大家，并且就同一个问题重新向明帝提问，然而明帝却回答说："太阳近。"元帝大惊失色，问道："你今天说的话为什么和昨天说的话不一样呢？"明帝回答说："现在抬起头就能看见太阳，却看不见长安。"

扩展阅读

孔子东游，见两小儿辩斗[①]，问其故，一儿曰："我以日始出时去人近，而日中时远也。"一儿以日初出远，而日中时近也。一儿曰："日初出，大如车盖；及日中，则如盘盂[②]。此不为远者小，而近者大乎？"一儿曰："日初出，沧沧凉凉；及其日中，如探汤。此不为近者热，而远者凉乎？"孔子不能决也。两小儿笑曰："孰为汝多知乎[③]？"

（《列子》卷五《汤问第五》）

【注释】

①辩斗：激烈地辩论，打嘴仗。

②盘盂（yú）：盛食物用的器皿。

③孰：谁。　知：通"智"，智慧。

【译文】

孔子东游，看见两个小男孩正在激烈地辩论，就问他们是何缘故，一个男孩说："我认为太阳刚出来时离人近，而中午时离人远。"另一个男孩则认为太阳刚出来时离人远，而中午时离人近。一个男孩说："太阳刚出时，大如车盖；到中午时，就像盘盂一样。这不是离人远时小，而离人近时大吗?"另一个男孩说："太阳刚出时，沧沧凉凉的；到中午时，热得就像伸手去摸开水一样。这不是离人近时热，而离人远时凉吗?"对他们的观点，孔子也不能判断孰是孰非。这两个小男孩嘲笑道："谁说你知识渊博呢?"

点评

语言是思维的工具，语言能够反映一个人思维乃至心理以及其他方面的成熟程度。本篇即通过对事物的深刻理解和卓越的言语表达，突出表现了一个皇家孩童晋明帝的聪颖和智慧。作品篇幅虽短，而波澜起伏，同时由于作者善于剪裁，更造成了余味无穷的艺术效果。本篇的时代背景与新亭对泣的故事是相同的。晋元帝向洛阳来人询问那里的消息，并且潸然流涕，其怆怀故国之情动人心魄。太阳虽远，而举目可见，长安虽近，却不在望中。对晋明帝这样一个孩子而言，这是实情实景，但此语一出，却足以震撼东渡君臣的心灵：对于他们这些偏安一隅的人来说，长安确实是比太阳还要遥远。于是，故国的沦亡，山河的破碎，东渡的惨痛，前途的暗淡，也都尽在不言中了。而《列子》所记述的两小儿辩论太阳远近的故事，也生动地反映了古代儿童的智慧，足以与本篇相映成趣。

个性

兰摧玉折

毛伯成既负其才气①，常称："宁为兰摧玉折②，不作萧敷艾荣③。"

（《言语》）

【注释】

①毛伯成：毛玄，字伯成，东晋颍川（治所在今河南禹县）人。曾任征西行军参军。

②兰：兰草。

③萧：艾（ài）蒿，蒿类植物。 敷：花开。 荣：草开花。

【译文】

毛伯成以才气自负，经常声称："宁愿像兰草那样被摧败，像美玉那样被折断，也不愿像艾蒿一样开花、繁茂。"

扩展阅读

桓公卧语曰[①]："作此寂寂[②]，将为文[③]、景所笑[④]。"既而屈起[⑤]，坐，曰："既不能流芳后世，亦不足复遗臭万载耶？"

（《尤悔》）

【注释】

①桓公：即桓温。参见"天月风景"条"扩展阅读"注释①。

②寂寂：无所作为。

③文：指晋文帝司马昭。

④景：指晋景帝司马师。文、景二人都曾废旧主，立新君，为子孙篡位打下了基础。

⑤屈起：同"崛起"，坐起。

【译文】

桓公卧在床上说道："如此默默无闻，将会被文帝和景帝所耻笑。"接着猛然坐起来说："既然不能流芳百世，难道还不能遗臭万年吗?”

点评

毛伯成是一个崇尚气节的人，他追求“兰”“玉”一般优雅、高洁的道德，而鄙薄艾蒿式的滋生、繁荣。对他来说，生活中的一切，都是个人选择的结果。桓温不愿碌碌无为，但是，如何去建功立业以及建立怎样的功业，对他都是无所谓的。只要能够留名后世，只要能够与众不同，就可以不择手段地去做。显然，前者是道德君子，后者是自我膨胀的野心家！本篇以夫子自道的方式刻画了他们的性格。

竹马之好

诸葛靓后入晋[①]，除大司马[②]，召不起[③]，以与晋室有仇[④]，常背洛水而坐[⑤]。与武帝有旧[⑥]，帝欲见之而无由[⑦]，乃请诸葛妃呼靓[⑧]。既来，帝就太妃间相见。礼毕，酒酣，帝曰："卿故复忆竹马之好不[⑨]？"靓曰："臣不能吞炭漆身[⑩]，今日复睹圣颜。"因涕泗百行。帝于是惭悔而出。

（《方正》）

【注释】

①诸葛靓（jìng）（？～258）：字仲思，三国魏阳都（今山东沂水）人。诸葛诞少子。雅正有才能名望。曾在吴国做官，为右将军、大司马。吴亡后，辞官归里，终身不仕。

②除：授官。

③召：征召。

④与晋室有仇：诸葛靓的父亲诸葛诞被晋武帝的父亲司马昭杀害。

⑤背洛水而坐：洛水指洛河，在洛阳之南，故洛水的方向代表着西晋朝廷的方向，诸葛靓在辞官归乡后，终身不向朝廷所在的方向坐着。

⑥武帝：即晋武帝司马炎。　有旧：有老交情。

⑦由：缘由，理由。

⑧诸葛妃：指司马懿的儿子琅邪王司马伷（zhòu）的妃子，

她是晋武帝的婶母，诸葛诞的女儿，诸葛靓的姐姐。

⑨竹马之好：比喻儿童时代的交情。竹马是古代的一种儿童游戏，以竹竿当马，称为竹马。

⑩吞炭漆身：比喻忍辱含垢，矢志复仇。参见本条“扩展阅读”。

【译文】

诸葛靓后来入晋，被任命为大司马，朝廷征召他为官，他却不肯应召赴任。因为和晋室有仇，常常背对洛水而坐。过去晋武帝和他有交情，想见他而又找不到理由。于是，武帝就请诸葛妃招呼诸葛靓入宫。然后，武帝在太妃房间与他见面。他们彼此行礼后，就喝酒，痛快淋漓，武帝说：“你还记得我们小时候的交情吗?”诸葛靓说：“为臣不能吞炭漆身，今天又见到了圣上的尊颜。”接着，他泪雨滂沱。武帝于是怀着惭愧、懊悔的心情离开了。

扩展阅读

豫让遁逃山中[①]，曰：“嗟乎！士为知己者死，女为说己者容[②]。今智伯知我[③]，我必为报仇而死，以报智伯，则吾魂魄不愧矣。”……漆身为厉[④]，吞炭为哑，使形状不可知。行乞于市[⑤]，其妻不识也。

（汉·司马迁《史记》卷八六《刺客列传》）

【注释】

①豫让：春秋时晋国人。当时，韩、赵、魏三家攻杀智伯。豫让为智伯客，为报答主人的知遇之恩，乃吞咽木炭，漆涂身体，改变音容以刺杀晋国卿赵襄子，事败而死。 遁逃：逃亡。

②说：通“悦”，喜欢，欣赏。
③智伯：春秋时代晋国的一个卿。
④厉：癞疮。
⑤行乞：讨饭。

【译文】

豫让逃亡到山中，说：“哎！士人为知己者死，女子为悦己者容。今智伯对我有知遇之恩，我一定为他复仇而死以报答他，这样我的灵魂就不惭愧了。”……他用漆涂身，使身上长癞疮，以改变形貌；又吞咽木炭破坏嗓子，使自己的声音变得沙哑。这样，使别人不认识自己的容貌。豫让在街上讨饭，连他妻子也不认识他。

点评

诸葛靓背洛水而坐和豫让吞炭漆身，为主复仇，都表现了一种震撼人心的精神，那就是面对强者，不屈不挠，宁折不弯，受恩不忘，忠诚无私。而相比之下，诸葛靓的心态更为复杂：一方面是对司马昭的仇恨，另一方面是对自己童年时代与司马炎结下的美好情谊的眷恋。痛苦和幸福的交织，凄惨与欢欣的凝聚，构成了诸葛靓的复杂心态。

自我周旋

桓公少与殷侯齐名①，常有竞心②。桓问殷："卿何如我？"殷云："我与我周旋久③，宁作我。"

（《品藻》）

【注释】

①桓公：即桓温。　殷侯：即殷浩。

②竞心：竞争之心。

③周旋：来往，交往。

【译文】

桓公年轻时和殷侯齐名，所以常常怀有竞争之心。桓公问殷侯："你与我相比，如何？"殷侯回答说："我和我自己打交道已经很久，宁愿作我。"

扩展阅读

殷仲堪曰[①]："我与我周旋久，宁作我！"宜春黄元瑜取以名其亭曰"我我"[②]，为赋诗一首[③]。

（清·姚之骃《元明事类抄》卷二九引《揭徯斯集》"我我亭"条）

【注释】

①殷仲堪：当作"殷浩"，这里是误引。关于殷仲堪，参见"士人之常"条注①。

②黄元瑜：宜春人，元代学者、诗人。

③赋诗一首：黄元瑜的《我我亭诗》，见《元诗选》初集卷三〇。

【译文】

殷仲堪说："我和我自己打交道已经很久，宁愿作我。"宜春人黄元瑜吸取这句话来命名他的亭子，叫做"我我亭"，并且为它赋诗一首。

点评

未经省察的人生没有价值。因为人类不同于动物，人不仅具有一切生物式的本能，而且要不断地探究自身的存在，在人生存的每时每刻都要审视自身的生存状况。人类生活的真正价值，就存在于这种审视中。魏晋时代的知识分子对人生的真谛进行了深刻的省察，他们的目光由外在的功利事物转向自己的内心世界，因而发现了自我的价值，所谓“我与我周旋久，宁作我”，这种自信的态度和率真的风格使他们创写了中国文人生活史上的一个璀璨篇章。元代诗人黄元瑜也受到了这种自我主义思潮的熏染，所以将他的亭子命名为“我我亭”。

蓝田性急

王蓝田性急[①]。尝食鸡子，以箸刺之[②]，不得，便大怒，举以掷地。鸡子于地圆转未止，仍下地以屐齿蹍之[③]，又不得。嗔甚，复于地取内口中[④]，啮破即吐之[⑤]。

（《忿狷》）

【注释】

①王蓝田：王述（303～368），晋太原晋阳（今山西太原）人。袭父爵为蓝田侯，故人称王蓝田。曾任尚书令等职。

②箸：筷子。

③蹍：踩，踏。

④内：同“纳”。

⑤啮（niè）：咬。

【译文】

王蓝田性子很急。一次吃鸡蛋，他用筷子去戳它，没有得手，就大怒不止，举起鸡蛋就扔到了地上。鸡蛋在地上滴溜溜转个不停，他就下地用木屐的齿去踩它，结果又没有踩到。他气极了，便又从地上捡起来放进嘴里，咬破就吐掉了。

扩展阅读

谢无奕性粗强[①]，以事不相得[②]，自往数王蓝田[③]，肆言极骂[④]。王正色面壁不敢动。半日，谢去，良久，转头问左右小吏曰："去未?"答云："已去。"然后复坐。时人叹其性急而能有所容。

（《忿狷》）

【注释】

①谢无奕：谢奕（? ~358），字无奕，晋陈郡阳夏（今河南太康县）人。谢安之兄。曾任安西将军等职。　粗强：浮躁，倔强。

②不相得：合不来。

③数：数落，责备。

④极骂：大骂。

【译文】

谢无奕性情浮躁、倔强。因为一件事合不来，便亲自前去数落王蓝田，开口大骂。王蓝田表情严肃地面对着墙壁，动也不敢动。过了半天，谢无奕已经走了许久，他才转过头问左右的小吏说："走了没有?"小吏回答说："已经走了。"然后才重新落座。当时的人都赞赏他虽然性情急躁，却能宽容他人。

点　评

能够忍受别人施加给自己的不公正待遇甚至人格上的污辱，这是一种很好的人格修养。这种修养不是每个人都具有的。忍，不仅不意味着软弱，而恰恰显示了刚毅、坚强和耐力。魏晋名士注重自我的修炼，所以“忍”的精神在他们的身上常常表现得格外突出。王蓝田本是一个性急的人，但他又特别能忍。从这里我们可以看出，人的禀性往往是多层面的，而后天的学习和培养对个人的性情也是十分重要的。

名可断疟

桓石虔①，司空豁之长庶也②，小字镇恶。年十七八，未被举，而童隶已呼为“镇恶郎”③。尝住宣武斋头④。从征枋头⑤，车骑冲没陈⑥，左右莫能先救。宣武谓曰：“汝叔落贼，汝知不？”石虔闻之，气甚奋，命朱辟为副⑦，策马于数万众中⑧，莫有抗者⑨，径致冲还，三军叹服。河朔后以其名断疟⑩。

（《豪爽》）

【注释】

①桓石虔：桓豁之子。桓豁是桓温的弟弟，曾任征西大将军等职。

②长庶：妾所生的长子。

③童隶：指奴仆。

④宣武：即桓温。　斋头：书房。

⑤枋（fāng）头：地名。在今河南浚县西南淇门渡，古称淇水口。晋海西公太和四年（369），桓温率军北伐燕国，一直打到枋头，结果战败，史称“枋头之役”。

⑥车骑冲：即桓冲（328～384），字幼子，晋谯国龙亢（今安徽怀远西北）人。曾任车骑将军等职。桓温之弟。陈：同“阵”，战阵。

⑦朱辟：东晋人，生平不详。

⑧策马：驱马。

⑨抗：抗击，反抗。

⑩河朔：黄河以北的地区。　断疟：消除疟疾，使病痊愈。

【译文】

桓石虔是司空桓豁庶出的长子，小名镇恶。他已经十七八岁了，还没有得到举荐，而奴仆们都已称他为“镇恶郎”了。他曾住在桓宣武的书房里，后来跟随他出征到枋头。车骑将军桓冲陷入敌阵，左右之人没有谁能够救他出来。桓宣武告诉石虔说：“你叔父落入贼人包围之中，你知道吗？”石虔一听，勇气奋涌，命令朱辟做副将，驱马于数万敌军之中，无人能够抵挡。他径直把桓冲救回，三军将士为之叹服。后来黄河以北的人们就用他的名字来驱除疟鬼。

扩展阅读

嘉兴令吴士季者曾患疟[1]，乘船经武昌庙过，遂遣人辞谢，乞断疟鬼焉。既而去庙二十余里，寝际忽梦塘上有一骑追之，意甚疾速[2]。见士季乃下，与一吏共入船。后缚一小儿将去，既而疟疾遂愈。

（宋·李昉等编《太平广记》卷三一八《鬼三》“吴士季”条引《录异传》）

【注释】

①吴士季：唐朝人，生平不详。

②寝际：睡觉的时候。

【译文】

嘉兴县令吴士季曾患疟疾，一次乘船经过武昌庙，便派人向庙神辞谢，乞求赶走疟鬼。离开武昌庙二十多里后，他在睡觉时忽然梦见水塘上有一个人骑马追他，样子非常快。后看见了吴士季才下马，和一个官吏一同进入船中。后来这个人捆了一个小男孩，并且带走了他。不久，吴士季的疟疾就痊愈了。

点评

古代迷信，认为疟疾是疟鬼作祟的结果。本篇通过桓石虔冲入敌阵拯救叔叔的故事，刻画了他的豪爽磊落的性格，并表现了他的英勇无畏的精神。而黄河以北的人们用他的英名来驱除疟鬼，更表现了对这位青年英雄的敬重。本篇叙事简洁，着墨不多，而人物如画，跃然纸上，这种写作技巧很值得我们学习。

床头捉刀

魏武将见匈奴使[①]，自以形陋[②]，不足雄远国[③]，使崔季珪代[④]，帝自捉刀立床头[⑤]。既毕，令间谍问曰："魏王何如？"匈奴使答曰："魏王雅望非常[⑥]，然床头捉刀人，此乃英雄也。"魏武闻之，追杀此使。

（《容止》）

【注释】

①魏武：魏武帝曹操，参见"绝妙好辞"条注①。　匈奴：

汉魏时北方游牧民族名。

②陋：丑陋。

③雄：称雄。

④崔季珪：崔琰，字季珪，三国魏东武城（今山东武城西）人。在曹操手下任职。他眉目疏朗，很有威严。

⑤捉刀：握刀。 床：当时的一种坐具。

⑥雅望：严正的仪容。

【译文】

魏武帝将要接见匈奴的使者。他自己因为形貌丑陋，不足以称雄于远方国家，便叫崔季珪作替身，自己握着刀站在床边。在接见仪式举行后，曹操令密探去打听说："魏王怎么样啊？"匈奴使者回答说："魏王的风雅和威望非同寻常，可是床边握刀的那个人，这才是真正的英雄！"曹操得知此言，便派人追杀了这位使者。

扩展阅读

……（承）宫拜博士[①]，迁左中郎将。数纳忠言[②]，陈政，论议切悫[③]，朝臣惮其节[④]，名播匈奴。时北单于遣使求得见宫[⑤]，显宗敕自整饰[⑥]，宫对曰："夷狄眩名[⑦]，非识实者也。臣状丑，不可以示远，宜选有威容者。"帝乃以大鸿胪魏应代之[⑧]。

（《后汉书》卷二七《承宫传》）

【注释】

①承宫（？～76）：字少子，东汉琅邪姑幕人。曾任博士、左中郎将等职。

②数（shuò）：屡次。

③切悫（què）：恳切，中肯。

④惮：惧怕。

⑤单（chán）于：匈奴人的首领称为单于。

⑥显宗：东汉孝明皇帝刘庄，公元 58～75 年在位。 敕：命令。 整饰：修饰。

⑦夷狄：当时中原人对北方少数民族的蔑称。 眩（xuàn）名：迷惑于声名。

⑧魏应（？～80）：字君伯，东汉任城人。曾任大鸿胪（lú）、上党太守等职。

【译文】

承宫被任命为博士，又升迁为左中郎将。他屡次采纳忠言，陈述政事，议论中肯，朝臣惧怕他的气节，名声远播于匈奴。当时北单于派遣使者求见承宫，显宗皇帝命令承宫将自己整饰一番，承宫回答说："夷狄之人迷惑于我的名声，他们并非认识实际的人。臣下外貌丑陋，不宜显示给远方来的人，所以应该选择有威严、有容貌的人接见他们。"皇帝便以大鸿胪魏应代替了承宫。

点评

在我国汉朝和三国时期，人们一般以身材高大、明眉秀目、长髯飘拂为美。这是一种阳刚之美。崔琰是符合这种审美标准的美男子。但匈奴使者是明眼人，善于察颜观色，所以一见面就知道接见他的是假魏王，可能是因为崔琰缺少英雄之气的缘故。这个故事很简短，但情节多变，引人入胜。丢开最后一句，初读此文，觉得曹操滑稽有趣，接见外国使者像是在演戏。细读之后便觉得曹操多疑而谲诈，为了威服远国竟然如此不择手段。再读最后"追杀此使"一句，顿觉曹操专横残忍，不讲信义。这个故事颇有戏剧色彩，也是很有名的。后人称代人作文或替人做事为

"捉刀"，称代人作文或替人做事的人为"捉刀人"，都是由此引申出来的典故。而承宫的事迹与上述的捉刀故事也十分相似，而且发生的时间相距不远。《世说新语》的这个故事可能是有事实依据的。

望梅止渴

魏武行役[①]，失汲道[②]，军皆渴，乃令曰："前有大梅林，饶子[③]，甘酸可以解渴。"士卒闻之，口皆出水。乘此得及前源。

（《假谲》）

【注释】

①魏武：即曹操。　行役：行军。

②汲道：取水的通道。

③饶：多。

【译文】

魏武帝率部行军，找不到取水的通道，军士们都渴了，于是他传令说："前面有大片的梅树林，梅子很多，又甜又酸，可以解渴。"士兵们听了这番话，嘴里都流出了口水。趁着这个机会，部队得以到达前面的水源。

扩展阅读

吴人多谓梅子为"曹公"[①]，以其尝望梅止渴也；又谓鹅为"右军"[②]，以其好养鹅也。有一士人遗人醋梅与燖鹅[③]，作书云[④]："醋浸曹公一瓮[⑤]，汤燖右军两只，聊备一馔[⑥]。"

（宋·沈括《梦溪笔谈》卷二三）

【注释】

①吴人：江南一带的人。

②谓鹅为“右军”：右军，即著名书法家王羲之。王羲之爱鹅，故以手书《道德经》（一说为《黄庭经》）换得山阴道士所养之鹅，事见《晋书》卷八〇本传。

③遗：馈赠。 焨（xún）：南方饮食的一种烹调方法。

④作书：写信。

⑤瓮（wèng）：坛子一类的器皿。

⑥馔：饮食。

【译文】

江南一带的人大多称梅子为“曹公”，因为他曾经望梅止渴；又称鹅为“右军”。有一位读书人赠送给别人醋梅和焨鹅，他在信中写道：“送去醋浸曹公一瓮，汤焨右军两只，姑且当作一顿饮食吧。”

点 评

本篇所写望梅止渴的故事表现了曹操的狡诈性格。而从另一个角度看，曹操确实是一位杰出的领袖人物，他对人的本性有非常深刻、细致的了解，因而具有高超的领导艺术，这为他在政治方面的成功提供了重要的保障。俗话说：远水解不了近渴。但是，在曹操手中，远梅却解了近渴。这也可以说是这位大政治家和大军事家创造的奇迹吧。